講談社文庫

ニャンニャンにゃんそろじー

有川ひろ　ねこまき（ミューズワーク）
蛭田亜紗子　北道正幸　小松エメル
深谷かほる　真梨幸子　ちっぴ　町田 康

講談社

ニャンニャンにゃんそろじー

…目次…

猫の島

有川ひろ

*

「リョウ、猫の島に行こうか」

カメラマンだった父が、晩ごはんを食べながら突然そんなことを言ってきた。

父が再婚し、北海道から沖縄に移住してしばらく経《た》った頃だ。

父が再婚した女性は晴子《はるこ》さんといって、お日様みたいに笑う、とてもすてきな女性だった。だけど、ぼくは死別した最初の母親のことが忘れられなくて、なかなか晴子さんをお母さんと呼ぶことができずにいた。

今となっては、そんなぎこちない昔があったことなど信じられないくらいだけれど。

当時の父は、そんなぼくを晴子さんと親しませようとして、ことあるごとに「家族でおでかけ」をごり押ししてきて、ぼくは少々うんざりしていた。

こちらも繊細なお年頃の少年だ。ごり押しされればされるほど晴子さんをお母さんと呼べるタイミングは遠ざかる。

でも、猫の島という言葉にはちょっと惹《ひ》かれた。何やらファンタジックな物語でも始まりそうなフレーズだ。

「猫の島って？」

ぼくは晴子さんに向かって尋ねた。晴子さんの仕事は旅行のガイドだ。食卓で得意分野の質問を振るという子供なりの気遣《きづか》いだったが、

「竹富島《たけとみじま》だよ！　猫がたくさん住んでいて、最近、猫好きの間で話題になってきてるらしいんだ」

大人の気遣いができない父により、ぼくの気遣いは撃沈《げきちん》した。晴子さんと目が合い、どちらからともなく笑いが漏《も》れる。

困った人ね。

ええ、まったく。

「どうやって行くの」

この質問には晴子さんが答え、ようやくぼくの気遣いが日の目を見た。

「那覇《なは》から飛行機で石垣島《いしがきじま》に渡って、そこから船よ。高速船で十分くらい」

「へえ、けっこう近いんだ」

沖縄には離島がたくさんあって、連絡の小型飛行機の便がたくさんある。ちょっとそこまで、に飛行機がちょいちょい出てくる沖縄特有の地理感覚にもそろそろ慣れてきた。

「カツさん、引き受けることにしたの？　猫写真」

そう尋ねた晴子さんに、父は空の茶碗《ちゃわん》を差し出しながら浮かない顔だ。

「うん、ちょっと断り切れなくてさ」

あら、と首を傾げながら、晴子さんがお代わりを注《つ》ぐ。

「動物写真は専門じゃないって言ったんだけど、それでもいいからってさ」

聞くと、父の知っている編集部からの依頼だという。雑誌の猫特集で旅と猫というコーナーを作ることになり、竹富島も候補地に挙がったのだが、自社のカメラマンを竹富島まで出張させる予算がないらしい。

そこで白羽《しらは》の矢が立ったのが、沖縄に移住した知り合いのカメラマンというわけだ。

後に竹富島は猫のいる島として有名になったが、その頃は知る人ぞ知るという感じだったので、その編集部はなかなかいいアンテナをしていたということになる。

「いいじゃない。カツさん、動物好きでしょう？」

晴子さんは、まだまだ父が分かっていない。

「いや、でも、仕事となるとさぁ。猫はちょっと相性が……」

「あら、猫、嫌いだっけ？」

返事に窮してしまった父に代わって、ぼくが答えてやった。

「お父さんは猫が嫌いじゃないけど、猫のほうは大体お父さんが好きじゃないんだ」

うるさいな、と父がお代わりのご飯にゴーヤーチャンプルーをワンバウンドさせてかき込む。

要するに、触りたい遊びたいとうるさくかまいすぎるのだ。わーっと行って、逃げられる。あるいは、シャーッと怒られる。

「犬ならまだなぁ」

犬だって、相手にしてくれるのはオープンハートな奴か大人な奴だけだ。人見知りな犬は怯《おび》えさせるし、気難しい犬には吠《ほ》えられる。

昔、奈良に行ったときは、子鹿を見つけて「バンビだ！」と突進し、親鹿に怒りのタックルを食らっていた。

その話を晴子さんに披露《ひろう》してやろうかな、と思ったが、――亡くなった母との旅行だったことを思い出して、やめた。

「オオサンショウウオとかだったら上手に撮れるかもね」

代わりにそう茶化すと、父は「逃げ足が早くなさそうだしな」と真面目に頷いた。カメラマン的に負けの発言だ。

「みんなで行くなら土日か祝日がいいわね」

晴子さんがお箸《はし》を置いて、自分のスケジュール帳をめくりはじめた。晴子さんは、休みの日はガイドの仕事が入っていることが多い。

「再来週の週末なら空けられるわ。月曜日が創立記念日だから二泊三日にできるし、いいんじゃない？」

創立記念日というのは、ぼくの通っている小学校の創立記念日だ。カレンダーにはもちろん書いていないので、ぼくは晴子さんがそう言うまで創立記念日のこと自体をすっかり忘れていた。

晴子さんの手帳には、ぼくの学校のことが書いてあるんだな――そう思うと、胸がむずがゆいような気持ちになった。晴子さんの手帳にぼくの学校のことを書いてあるのは、晴子さんがぼくの「お母さん」になったからだ。毎日ごはんも作ってくれるし、洗濯も掃除もしてくれる。学校の懇談会にも晴子さんが来る。父が行ったところで、連絡事項がぐだぐだになることは明白なので、正しい役割分担だ。

毎日、晴子さんはぼくの「お母さん」をやってくれている。

そんな晴子さんのことを、ぼくはいつまで「晴子さん」って呼ぶんだろう。

だけど、晴子さんを「お母さん」と呼ぶのは、やっぱりまだ戸惑いがあった。母が亡くなってから、まだ二年と経っていない。

なにも言わずに朗《ほが》らかに笑っていてくれる晴子さんに、ぼくはすっかり甘えさせてもらっていた。「お母さん」と呼ばないことで。

「よし、じゃあ再来週な」

父が上機嫌にそう言って、猫の島に行く日取りは決まった。

当日は晴天に恵まれた。

朝一番の便で那覇空港から石垣島へ、石垣空港からフェリー乗り場までは連絡バスで五分ほど。晴子さんが完璧《かんぺき》な乗り継ぎを手配してくれたので、家を出てからものの三時間ほどでぼくたちは猫の島に渡る高速船に乗っていた。

その日の沖縄の海の色も、毎度冗談みたいなターコイズブルーだった。ぼくが沖縄に来てから一番びっくりしたのは、咲き誇る南国の花より、照りつける真っ白い太陽より、ごくありふれた港かもしれない。

小さな漁港の中に満ちる海の色まで、絵の具を溶かしたみたいに明るい青なのだ。子供が遊びで作ったきれいな色水みたいな青が、岸壁《がんぺき》から沖の沖まで続く。

石垣港もそんな感じだった。冗談みたいなターコイズブルーが竹富島まで続く中を、高速船が水切りの石みたいにすっ飛ばす。時間にしておよそ十分。

父は、景色も押さえなくちゃいけないと、高速船に乗る前から要所要所でカメラのシャッターを切っていた。

船が竹富島の桟橋《さんばし》に着き、お客さんがどやどやと降りていく。

フェリー乗り場を出たところにマイクロバスやワゴンが待っていた。全部宿からの迎えの車だ。一周わずか九・二㎞の小さな島なので、タクシーの客待ちなど一切ない。

そもそも、タクシー会社がない。

お客さんはそれぞれ車に乗り込んで去っていったが、ぼくたちは父の撮影がある。船の着いた桟橋やフェリー乗り場など、港の景色を父は手早く撮影していった。

「猫、いないね」

日陰で父を待ちながら、ぼくは晴子さんにそう尋ねた。さっぱりとした港には今のところ猫の姿は見当たらない。猫の島というからには、桟橋から猫がずらりと並んでお出迎えというくらいの光景を想像していたので、少し拍子抜けだ。

「集落や海岸のほうにはたくさんいるわよ。港はみんなすぐに通りすぎていっちゃうからね」

この辺りに住み着いても、観光客がくれる餌《えさ》などの実入りは少ないということなのだろう。

着いた船がまたお客さんを乗せて出港するまでものの五分、船が港を出ていくまでを父が写真に収めた頃、バスの停留所にワゴンが一台やってきた。

晴子さんがワゴンに向かって手を振った。

「カツさんの撮影が終わった頃のお迎えをお願いしておいたの」

さすが時間の読みはばっちりだ。晴子さんは再婚する前から、父の沖縄の撮影旅行のガイドをたくさんしていた。

港から島の中央部の集落まで、車だとゆっくり走ったってものの二、三分。途中ですれ違った車は一台もなかった。

舗装《ほそう》道路が途切れて、車が白砂の道に乗り入れた。集落の道路は舗装されておらず、低い石垣の民家が連なる中を白砂を敷き詰めた道が縫っている。民家は沖縄ならではの赤瓦《あかがわら》、屋根にはシーサーが乗っている。

ワゴンは一際とぼけたシーサーが乗っている小さな民家の前で止まった。

「おっ、嬉しいなぁ。ここにしてくれたんだ」

父が弾んだ声を出す。

「初めて晴子さんにガイドをしてもらった撮影旅行で、最後に泊まったところがここだったんだ」

「普通の家に見えるけど……民宿？」

民宿にしてもこぢんまりとしていて、一家族が寝泊まりするのが精一杯という感じだ。

すると、晴子さんが横から説明してくれた。

「実家が竹富島で空き家になってる人が、観光客に家を貸してくれるのよ。たまに人が寝泊まりしたほうが家が傷まないからって。コテージみたいなものだと思えばいいわ」

どうやら、晴子さんの知り合いが、仕事の片手間にやっている商売らしい。

父が張り切って車を降りて、運転手さんと一緒に荷物を下ろしはじめる。カメラの機材があるので、普通の家族の二泊三日よりは荷物が多い。

晴子さんが一面芝生の庭に入り、石垣の隙間に手を入れた。隙間から取り出したるは、——木札がついた鍵である。

あまりにアナログな鍵の受け渡しに、ぼくが「えっ」と驚いていると、晴子さんが笑った。

「立ち会えるときは直接鍵をもらうんだけどね。立ち会えないときはこうしてるのよ、いつも」

「それ、オッケーなの？　島的に」

何というか、防犯的な意味で。

「オッケーなのよ、島的に」

まあ、確かにわざわざ竹富島まで飛行機と船を乗り継いで空き巣を働きにくる奴もいないだろう。

家に上がると一目で間取りが見渡せた。和室が三間、小さな台所、台所の奥に多分お風呂。それでおしまい。一家族ジャストサイズ。

前もここで一緒に泊まったのかな、とちらりと思った。父が初めて沖縄の撮影旅行に来たのは、母が亡くなって半年くらいのことだったはずだ。

と、晴子さんがにこっと笑ってぼくの耳元に囁いた。

「わたしは別の知り合いの家に泊めてもらったの」

ふうん、とぼくは相槌《あいづち》を打って、玄関先に荷物を上げている父を手伝いに行った。送迎車はもう帰っていた。

「前に来たときは、猫は上手く撮れたの？」

「猫がメインじゃなかったからな」

どうやら、ガイドブック用に景色を撮る仕事だったらしく、猫は添え物でよかったらしい。

布団は三組用意してあった。乾燥機をかけてふかふかだ。

「おっ、初めて家族三人川の字だな」

わざわざこういうことを言うから父は困る。亡くなった母に義理立てして、川の字なんかイヤだと駄々《だだ》を捏《こ》ねるべきか、なんて迷いが生まれてしまう。さらりと流してくれたらいいのに。

「こっちのお部屋、東向きで朝日が気持ちいいのよ。起きるのが楽しみね」

晴子さんがそう言ってくれて、朝の目覚めをふいにしてまで我を通すこともないという言い訳が立った。

「材料あるから、お昼さっと作っちゃうわね」

冷蔵庫や戸棚には食料が満載だった。宿の主人が適当に見繕《みつくろ》っているらしく、あるものは勝手に使っていいシステムだ。お風呂のタオルや洗面道具、洗濯や掃除の道具も同じく。生活必需品がとても生活感あふれた感じでそろっているので、親戚の家に居抜きで泊まりにきたような不思議な居心地だ。

「じゃあ、その間にレンタサイクル頼んでくるよ」

観光客の島内の移動手段は徒歩かレンタサイクルが主だという。レンタサイクルは電話一本で頼んだ台数を持ってきてくれるが、店がこの近所なので散歩がてらということらしい。

「カメラは置いていかない?」

晴子さんが父を見送りながら渋い顔をした。

「そうめんチャンプルーだからすぐ出来ちゃうわよ」

「まあまあ、すぐに帰ってくるよ」

言いつつ父は、カメラを肩にかけたまま出かけた。

「三十分は見といたほうがいいわね」

晴子さんの読みはいい線を行っている。三十分で帰ってきたら早いほうだ。

「リョウちゃんもその辺見てきていいわよ」

「ちょっと寝ようかな」

早起きだったので、少し眠気が襲ってきた。それに、庭に出してあった日光浴用のビーチチェアがちょっと魅力的だったのだ。

「庭のやつ、使っていい？」

「いいわよ」

庭に出てビーチチェアに寝そべり、あわてて飛び起きる。高い日差しがちょうど目を刺す位置だったのだ。椅子を置く場所や背もたれの角度を色々工夫して、寝心地のいいポジションを探す。

やっとポジションを決めると、門のところから誰かがこちらを覗き込んでいた。腰の曲がったおばあさんだ。

近所の人かなと思ったが、あまりにもしげしげこちらを覗いているので、ちょっと居心地が悪くなってきた。

「あのぅ、何か用ですか」

起き上がっておばあさんのほうへと近づき、どきっとした。――右目が白く濁《にご》っていたのだ。

押し隠そうとした動揺に、おばあさんは気づいたらしい。右目を押さえて「気持ち悪かったかい、ごめんよ」と言った。

「いえ、大丈夫です」

そうは答えたものの、とっさにぎょっとしてしまったことは事実だ。白内障《はくないしょう》とか、そういうやつだろうか。

「子供の頃にちょっと病気をしてね」

年のせいというわけでもないらしい。右目はもう全く見えていないようで、子供の頃からだとしたら不自由だっただろうなと思った。

「あんた、あの人たちの子供かい」

あの人たち、というのは父と晴子さんのことだろうか。

そうです、と答えるほうが手っ取り早いような気もしたが、

「ちょっと年が合わないようだけど」

そう重ねられて、詳しく話すことにした。二人のことを知っているのかもしれない。

「ぼくはお父さんのほうの連れ子です」

「ああ、そうかい。道理《どうり》で。あれから子供ができたにしちゃあ、ちょっと大きいものね」

やっぱり二人の知り合いらしい。

「お父さんたちの知り合いですか？」

ぼくが訊くと、おばあさんは「知らなくもない」と曖昧《あいまい》に答えた。

「幸せかい？」

唐突な問いに戸惑い、ぼくは口ごもった。ぼくか、父か、晴子さんか、誰について訊かれたのか、とっさに分からなかったのだ。

「晴子さんは、今ごはんを作ってます。お父さんはレンタサイクルに……」

おじいさんは山へ柴刈《しばか》りに、おばあさんは川へ洗濯に――みたいなおかしな答えをしてしまった。晴子さんのことが先に出たのは家にいるからだ。どちらか呼んできてほしいのかと思ったのだ。

と、おばあさんは目を細めた。笑みはしわ深い顔に埋もれて、笑ったと気づくのは少し遅れた。

「幸せなら、よかったよ」

ぼくは幸せとは答えていないのに、おばあさんはそう言った。

「あの二人のことは、ちょっと気になってたからね」

「晴子さんならいますけど、呼びますか」

いい、いい、いい、と手を振って、おばあさんはふっと歩き出した。

無理に引き止めるのもおかしいので、ぼくは何となく見送った。

せっかくポジションを整えたビーチチェアに戻って寝っ転がる。

と、程なく父が戻ってきた。

「お、リョウ。くつろいでるな」

「お父さん」

タイミングが悪い。

「もうちょっと早く帰ってきたら、知り合いの人が来てたのに」

「知り合い？」

「おばあさんだったよ」

右目が濁っていたことは口にするのが憚《はばか》られて「ちょっと目が悪いみたいだった」と言った。だが、父には心当たりがなかったようだ。

「晴子さんの知り合いかな」

父は首を傾げながら家に上がっていった。ぼくも一緒に上がる。

「あら、ちょうどよかった」

晴子さんの声が台所から迎えた。

「もうすぐ出来るところよ」

そうめんチャンプルーを炒めるゴマ油のいいにおいがしてくる。

「何か、知り合いが来てたみたいだよ。おばあちゃんだって」

「あら、誰かしら。おばあちゃんだけじゃちょっと……」

「目が悪いみたいだよ」

ぼくはそう言い添えたが、それも心当たりを絞る役には立たなかったらしい。

「何人かいるわねぇ」

「ま、気が向けばまた来るんじゃないか。近所だろうし」

そうね、と晴子さんがそうめんチャンプルーをまずは二皿持ってきた。晴子さんはぼくと父の前に置いたので、ぼくが取りに行った残り一皿は晴子さんの前に置く。

「片手空いてるんだから、箸も持ってこい、箸も」

言いつつ父が腰を上げる。台所から割り箸を三本摑《つか》んで戻ってきた父に、晴子さんが「片手が空いてるんだからお茶も持ってきてくれたらいいのに」と笑いながらまた台所へ。

空いた片手には器用にコップを二つ挟んでいたので、コップの残りひとつはぼくが取って戻った。

「台所、お盆はないのか」

結果として割り箸三本しか運ばなかった父は、決まりが悪くなったのかそんなことを言った。

「それがないのよ、けっこう色々そろってるのに。宿のご主人に言っておくわね、他のお客さんも便利だろうし」

ツナとタマネギとニンジンが入ったそうめんチャンプルーは、よその台所で作っても安定の晴子さん味だった。

充分おいしかったが、父が食べながらこんなことを言った。

「そうめんチャンプルーならアレが食べたかったな、島らっきょうのやつ」

その頃、晴子さんは、島らっきょうとベーコンを炒めて麺に合わせるという必殺技を開発したところだった。そうめんチャンプルーやスパゲッティ、焼きそば、何でもおいしかった。

「島らっきょう、石垣島まで買いに行ってくれるなら作るわよ」

晴子さんはいたずらっぽく受け流した。竹富島にはスーパーがなく、島の人は石垣島まで船で買い物に行くという。

「ツナのもおいしいじゃないか、黙って食べなよ」

ぼくの台詞と父の台詞は、大人と子供があべこべだ。こういう逆転現象は、ぼくと父にはよくあることで、亡くなった母も「少しはリョウくんを見習ってちょうだい」とよく笑っていた。

子供な父を受け止める度量《どりょう》は、晴子さんと母の共通点だった。つまりそれは、度量がないと父の奥さんはやってられないということなのだろうけど。

晴子さんは冗談で受け流したけど、学校の先生だった母なら笑いながら「わがまま言わないの」とお説教だっただろうな、なんて考えて——ぼくは晴子さんをなかなかお母さんと呼べない理由が分かったような気がした。

母と晴子さんは似ているのだ。出てくる言葉は違うけど、言葉の根っこはよく似ている。

あったかさとか、優しさとか、度量とか、度量とか、度量とか……度量が半分以上かな。

これがまったく違うタイプなら、ぼくが心を開けるかどうかはさておき、割り切りは早かったかもしれない。だけど、なまじ似ているので、晴子さんは在《あ》りし日の母に重なるのだ。ある意味、父の好みのタイプはぶれない。

そして、似ているからこそ、晴子さんを「お母さん」と呼ぼうとする度に、戸惑いやためらいが押し寄せるのだ。

ごはんを食べている途中で、古ぼけた軽トラがレンタサイクルを運んできた。赤いママチャリが三台。

係の人は晴子さんの顔見知りらしく、晴子さんが出て行って伝票にサインをした。

ごはんを食べ終えて、さっそく猫を探しに出かけることになった。

「餌とか持っていったほうがいいんじゃない？」

出がけにぼくが思いつきでそう言うと、父も「そりゃあいい考えだな！」と乗ってきた。きっと、猫に好かれる自信がなかったのだと思う。

宿に用意されていた日用品には、当然のことながらキャットフードなんてなかったので、猫が喜びそうなものを食料の中から探す。ちくわとチーズがあったので、晴子さんが細かく切って、ビニール袋に入れた。

そして、レンタサイクルで出発だ。

「タイヤが砂に取られるからな。転ぶなよ」

父はえらそうにぼくにそう教授したが、カメラバッグを肩にかけ、首から一眼レフを提げている父のほうが、よっぽどバランスが悪くて危ない。

路地に敷き詰めてある砂はかなり厚く、アスファルトの道をすいすいという感じにはとてもいかない。右に左にタイヤを取られ、ずもも、ずももも、と轍《わだち》を作りながら、ゆっくり進む。

目指すのは、猫がたくさんいるという浜だ。宿から自転車で五分ほど。

集落を抜けると白砂の路地が終わり、島を一周する道路に出た。そのアスファルトも年季が入ってガタガタで、あちこち雑草が突き破っている。

その舗装道路を渡ったところが目指す浜だ。踏み固められた路地を下っていくと、奥に青い水がちらちらしている。

路地の突き当たりに繋がっている広場の入り口に、ぼくたちは自転車を停めた。

青い波打ち際を右手に構えて大きな東屋《あずまや》が建っており、その東屋を中心にして――

無造作に、たくさん、しなやかな小動物の影。両手の指では足りない。大猫から子猫まで、三十四はいるだろうか。

「いるいる！」

父がはしゃいで東屋へ突進した。涼んでいた猫たちが、乱入してきたテンションの高いおっさんから飛びすさる。父を中心に発生する猫の真空地帯。父が一歩踏み出すごとに真空地帯も移動する。

「あーあ、嫌われた」

後からのんびり歩いていったぼくと晴子さんには、猫は微動だにしなかった。

ベンチで箱座《はこずわ》りしていた白黒ぶちのハチワレを、晴子さんが通りすぎながらさらっとなでる。猫はなでられながら、しっぽを一回ぱたりと振った。

「あー、そういうのがやりたいんだよな。何気なくさらっとさ」

口を尖《とが》らせる父に、晴子さんが「やればいいじゃないの」とけらけら笑う。

父が同じ猫をなでようとして手を伸ばすと、ハチワレが顔をしかめて頭をよけて、それからベンチをぽんと飛び降りてしまった。

「ほらぁ。何でかこうなるんだよな」

何でか、というより、触らせろという圧が強すぎるんだと思う。

「でも、今日は秘密兵器があるからな」

父がカメラバッグの中から、餌の入ったビニール袋を取り出した。

発案したのはぼくで、用意したのは晴子さんなのに、使うのは父だ。そして、ぼくたちの上前をはねることにはまったく悪びれない――というより、上前をはねている自覚がない。

まあ、子供というのは、そういうものだ。

「え、ここで餌あげるの？」

目をぱちくりさせた晴子さんに、父は「ここでやらなくてどうするんだ」と笑った。

「ほーら、ごはんだぞ、おいしいぞー」

父がビニール袋をガサガサ開けると、その場にいた猫たちがピクッと耳を動かした。四方八方から、父の手元に視線が集まる。

離れていた猫たちが、タタッと数歩距離を詰める。遠く近く、父を取り囲む包囲網《ほういもう》が静かに、素早く完成した。

ぼくは思わず後じさり、晴子さんのそばに寄った。張り詰めた緊張感に慄《おのの》いたのだ。猫たちの包囲網は、かわいく餌をねだりにいく気配は微塵《みじん》もなかった。

こういう光景、見たことあるぞ。野生動物のドキュメンタリーとかで。――群れで狩りをする動物って、確かこんなふうに――

「はっはっは、所詮《しょせん》は猫だな！　餌に釣られてかわいいもんだ！」

無邪気に勝ち誇った父が、ビニール袋からエサを取り出した瞬間——ザァッと群れが動いた。

四方八方から父に群がる。

かわいくねだる鳴き声など一声も上がらず、それを寄越《よこ》せという凄まじい圧が父に集中する。

「おおっ!?」

父が慄いてちくわを取り落とした。ころんと東屋の床に転がった——かと思うや、周りの数匹がちくわのかけらに襲いかかる。ダッシュが一番素早かったやつの口の中に消える。

猫の真空地帯とは真逆の光景が発生した。猫の包囲網が父を取り囲み、父が一歩踏み出すごとにザァッ、ザァッと行く手を塞《ふさ》ぐ。

慄いてなかなか次の餌をやらない父に焦《じ》れ、勇気のある一匹が伸び上がって父の手元を叩いた。父の提げたビニール袋にアタックをかけるやつも。なかなかかしこい。

——ちょっと悪魔的に。

「晴子さん！　こいつら、叩くよ！」

「野生だもの」

「あっち行け！」

父が餌をいくつか遠くへ投げた。投げた方向へ包囲が崩れる。餌を追った猫たちが極小の時間で牽制《けんせい》を交わし、奪い合う。

だが、投げた餌を追ったやつらは長期的な視点が足りない。父が手元にまだ持っていることを見越したやつらは、ますます包囲の輪を狭めた。

完全に狩られる態勢だ。

「ああっ！」

完全に父を舐めた一匹が、バシッとビニール袋を父から引ったくった。

餌が散らばり、猫たちが一気に狂奔《きょうほん》した。

ギャオゥ、と肉食の獣の声が絡み合う。餌を取り合いながら、仲間同士の牽制だ。軽く取っ組み合うやつらも。

どうやらボス級らしいでっかい茶トラが、周りを威嚇《いかく》しながら一匹でいくつも餌を飲み込む。

「こら、お前はいくつも食べただろ！　そっちの子猫にやれよ！」

父がボストラを追い払おうとすると、ボストラが前足一閃《いっせん》。振っていた父の右手にヒットして、見事な爪痕《つめあと》を刻んだ。

猫たちの狂奔は瞬く間に餌を食べ尽くして終結した。またそれぞれ気に入った場所へ散り、のんびりとくつろぎはじめる。

餌をタダ取りされてカメラを構えることすらできなかった父は、「猫め！」と遠くから猫の群れを罵っていた。

「かわいいもんだって言ってたじゃない」

晴子さんにからかわれて、父の口元がむくれた。

「あんなの、猛獣だ」

「生きるのに必死なのよ。島の人が餌をやってはいるけど、充分ってわけじゃないし、やっぱり強い猫がたくさん食べるだろうしね」

「じゃあ、あのボス猫はいつも食べてるんだろ。それなら子猫に分けてやってもいいじゃないか」

「そんな理屈、野生に通用しないだろ」

子供のぼくにも分かる理屈だったので、つい突っ込んでしまった。

「ていうか、あんなに獰猛《どうもう》なら、先に教えてくれたらいいだろ」

父の矛先《ほこさき》は晴子さんに向かった。

「だって、ここであげるなんて思わなかったんだもの。もっと小さい群れや一匹の子を見かけたときに使うんだと思ってたわ」

確かに、晴子さんは「ここであげるの？」と言っていた。この惨状《さんじょう》が読めていたのだろう。

「聞かずにさっさと出しちゃうんだもの」

「いいよ、もう」

あ、拗《す》ねた。

「餌なんかで釣らなくったって撮れるさ。プロだし。望遠だって持ってきてるし」

ぶつくさ言いながら父はカメラのレンズを付け替えはじめたが、猫の根城《ねじろ》になっている東屋ではなく外のベンチでその作業をしていたのは、狩られかけた恐怖が残っていたのかもしれない。


写真を撮り始めると、父も猫もプロだった。何のプロかといえば、父は写真のプロで猫は自由のプロ。

父が触りたい圧を封じて写真に集中しはじめると、猫は父を気にかけることもなく自由気ままに振る舞いはじめた。

今ならデジカメなのでいくらでも連写して後から選《よ》ればいいが、当時はアナログが主流だったので、撮った写真は焼くまで出来が分からなかった。現像に一枚一枚お金がかかるので「押さえで」シャッターを切るなんてそうそうできず、ここぞの瞬間を逃がさず捉えるのがカメラマンの腕だった。

のんびりしている猫たちに向け、時折シャッター音が響く。父なりのここぞの瞬間

を見つけたときだが、

「もっと動きがほしいなぁ」

しばらくして父がそうぼやいた。猫たちは、放っておくと延々ゆったり寝そべっているので、なかなか面白い動きが生まれない。

子猫が数匹じゃれあいながら浜のほうへ向かったのを望遠で追ったきり、東屋にはひたすらまったりとした空気が流れている。

「リョウ、お前、ちょっとかまってみないか。猫と戯《たわむ》れる島民の子供って感じで」

「やだよ！　雑誌に載るんだろ」

目立ちたがりの子供なら大喜びのシチュエーションだが、ぼくはそうではなかったので雑誌に載るなんてノーサンキューだ。

「写真を選ぶのは編集さんだから、載るとは限らないって」

「載るかもしれないんだろ、だったら嫌だ。大体、捏造《ねつぞう》じゃないか。島民じゃないんだし」

「じゃあ、旅行客の子供ってことでどうだ」

「い・や・だ！」

ぼくと父が攻防を繰り広げていると、浜辺のほうでバサバサッと羽音が響いた。

ぼくたちが振り向くと、

「――たいへん！」

晴子さんが悲鳴を上げた。

さっき、浜辺へ向かった子猫たちだ。カラスが数羽たかっている。

逃げ遅れた一匹をつつき回し、明らかに狩ろうとしていた。

「こらー！」

父がカメラを素早くその場に置いて、浜辺に向かって駆け出した。こういうときの瞬発力は、ずば抜けている。

出遅れたが、晴子さんも追った。

大人が二人とも高価なカメラや機材を置きっぱなしで行ってしまったので、ぼくは成り行きでその場に残った。父のカメラは一財産《ひとざいさん》だ、いくらのどかな島でも誰も見ていないのはまずい。

「ぎゃー！」

というのは、父がカラスに襲われた悲鳴だ。

「カツさん、しっかり！」

晴子さんが両手を振り回しながら加勢する。カラスは狩りを邪魔された怒りからか、それとも邪魔を排除して狩りを続行するためか、大胆に人間二人に襲いかかっている。

「相変わらずだねえ、あの二人は」

背中からかかった声に振り向くと、――あのおばあさんだった。明るい砂浜だと、白く濁った右目がますます目立っている。

「相変わらずって？」

「前に来たときも、助けなくていいものを助けようと躍起《やっき》になってたよ」

「助けなくてもいいって……」

いたいけな子猫がカラスにつつき回されていたら、助けたくなるのが人情ってものじゃないだろうか。

「弱いものから狩られる。そういうもんだよ」

おばあさんの言葉は非情だが、なぜか残酷《ざんこく》には聞こえなかった。

「弱いものが死なないと、行き詰まるからね」

何が行き詰まるのかは訊けなかった。何だか、途方もなく救いのない言葉が返ってきそうで。

「前に来たときも、子猫を助けてたんですか」

「大猫さ。もう充分生きたから、死んでもよかった」

くそー！　と浜辺から父の怒号が聞こえた。見ると、たかるカラスに向かって砂を投げている。

「リョウ、石！　石持ってこい！」

「ええ!?」

ぼくはとっさに辺りを見回した。東屋の周りは砂地で、投げるのに手頃な石ころは手近にない。

「あっちならあると思うよ」

おばあさんが指差したのは、自然の低木がずっと連なる繁みのほうだ。

ぼくはその場を離れるのを躊躇《ちゅうちょ》した。

もう少し、おばあさんの話を聞きたかった。非情な言葉を話すおばあさんが、父と晴子さんのことをどんなふうに話すのか。

ぼくの知らない、初めて出会った頃のお父さんと晴子さん。

充分生きて、もう死んでもよかった大猫を助けた、お父さんと晴子さん。

「行っといで」

おばあさんがそう促した。

「続きを聞きたかったら、今晩、庭で星でも見るといいよ。あたしは夜もあの辺りを歩いてるから」

結局、ぼくが石を拾って持っていく前に、カラスたちはしつこく邪魔されて子猫を諦めたらしい。

「助けてやっても、お礼ひとつ言わないんだからなぁ」

子猫はカラスが飛び去るや、転がるように東屋へ逃げ戻ったという。

「無理もないわよ、自然の猫だもの」

笑いながらそう言った晴子さんに、ぼくは思わず問いかけていた。

「自然だったら、助けないほうがいいんじゃないの」

おばあさんの言葉が耳に残っていたせいだ。

弱いものから狩られる。そういうもんだ。——弱いものが死なないと、行き詰まる。

「そうね」

晴子さんは微笑んだ。

「でも、わたしたちがここに居合わせたのも、自然の成り行きだから」

「そうだ！」

父が突然割り込んできた。

「あの子猫は運が良かった。運が良きゃ助かる、悪きゃ死ぬ。それでいいだろ。大体、カラスが子猫をつつき殺すのを黙って見てるなんて寝覚め悪いじゃないか。せっかくの家族旅行でさ」

「仕事の撮影旅行だろ」

「自費で家族旅行を乗っけるのは、自由裁量の範囲内だ！」

運が良かった子猫は、もう群れに交じって見分けがつかない。

カラスの運が良くて、子猫の運が悪い日も、いつかあるかもしれない。だけど今日のところは運が良かった——その理屈は、シンプルで腑《ふ》に落ちた。

お父さんと晴子さんは、同じ理屈で生きてるんだな。

そんなことも思った。

父は夕方まで浜辺でだらだらと粘っていた。

観光客がたまにやって来て、父と同じように餌食《えじき》になったり。何のきっかけか、猫同士ケンカが始まったり。

そんなところをパシャパシャ押さえる。

「あいつさぁ、要領が悪いんだよな」

父が指差したのは、くっきりとアイラインが入った美形のキジトラだ。子猫ほどは小さくないが、大猫ほど大きくもない。生後半年くらいかしらね、と晴子さんが見当をつけた。

そのキジトラには、ぼくも晴子さんも気づいていた。

群れの中であまり立場が強くないのか、観光客が餌をくれても、争奪戦に参戦する前に威嚇で弾き出されてしまう。

たまに餌が自分の近くに転がってきても、もたもたしているうちに取られてしまう。

「餌、残ってたらよかったんだけどなぁ」

上手に気に入った猫に餌をやっている観光客がいて、父も見ていた。ある程度の餌を撒いて、猫が狂奔している間に、気に入った猫にすぅっと近づく。手の中に隠しておいた餌を、狙った猫の鼻先にさり気なく腰を屈めながら落としてやる。

その方法なら、要領の悪いキジトラにピンポイントで餌をやれそうだ。

日がオレンジ色になってきた。父が露光を変えて、夕景の海と猫を狙う。

と、ぼくはすごいものを見つけた。

「お父さん」

そっと呼ぶ。父も気づいた。

低木の繁みの中に、後ずさりで入っていく猫がいた。口にくわえているのは浜千鳥《はまちどり》だ。首がだらりと折れている。

仲間に見つかって取られないように、急いで繁みの中に引っ込んでいったその猫は――要領が悪いあのキジトラだった。

父が夢中でシャッターを切った。

キジトラは、自分の獲物を無事に繁みの中に持ち込んだ。

運の悪い浜千鳥。キジトラのほうは、――運ではなくて、実力だ。ハンターに目をつけられたことが、浜千鳥の運のなさだ。

野生だな、と父が呟いた。

運の良さ。運の悪さ。実力。入り混じって、生き残るものが決まる。人里近くの、小さな野生の王国だ。

「帰ろうか」

父がカメラを下ろした。

これ以上は粘っても意味がない。――この日一番の写真はもう撮れた。

帰り道にも猫をちらほら見かけたが、父はもうカメラを出さなかった。

晩ごはんは、晴子さんが冷蔵庫の中のものを使って、豆腐チャンプルーとパパイヤイリチーを作った。


「リョウちゃん、お風呂、先に入る？」

お膳を片づけながら、晴子さんがそう訊いた。

「後でいい。庭でちょっと休んでいい？」

「夜は少し冷えるわよ」

「ビーチチェアで寝たら、星がきれいかなと思って」

それはいいわね、と、晴子さんはタオルケットを着ることで夕涼みを許してくれた。

さすが話が分かる。

「いいな、お父さんも見ようかな」

ビーチチェアは庭に二つ並んでいたが、ぼくは「お父さん先にお風呂に入りなよ」と促した。

「二人とも後回しにしたら、晴子さんが入るの遅くなっちゃうじゃないか」

晴子さんはいつも最後にお風呂に入る。お湯を落として、ざっと掃除をするためだ。おかげでぼくらはいつもピカピカのお風呂に入れる。

「えー、でも、風呂上がりだと湯冷めしそうだしさ。お父さんだって、星見たい」

子供め。

「ちゃんと髪を乾かして、タオルケット着たら大丈夫だよ」

「お風呂上がりにビールもう一本つけてあげるから」

晴子さんも加勢してくれて、どうにか父を家の中に押し返すことに成功した。

父が一緒だったら、おばあさんが来たとき、父と晴子さんの話を訊きづらくなってしまう。

おばあさんがいつ散歩で通りかかるか分からないが、お年寄りは寝るのが早いので、そんなに夜中じゃないだろう。晩ごはんを食べ終えて、一息ついて、時間は八時少し前。おばあさんが散歩をするなら、これくらいの時間が頃合いじゃないかなと思った。

会えなかったら、ぼくは運がなかったということだ。

ビーチチェアに寝っ転がると、星は驚くほど近くに見えた。今にもその辺に降ってきそうだ。

玄関の明かりを消したらもっとよく見えるんじゃないか？　と気づいて、一度家に入って電気のスイッチを切った。——果たしてビンゴ。

星は、手を伸ばせば摑めそうなほどだった。ビーチチェアに横になるとまるで王様になったみたい。

七夕《たなばた》の歌をふと思い出した。金銀砂子《きんぎんすなご》。正に金と銀の砂を撒いたような。

「おや、いたね」

門のところから、おばあさんがひょいと顔を出した。

「夜に散歩するって言ってたから。これくらいの時間じゃないかと思ったんだ」

いい読みだ、とおばあさんは誉めてくれた。

「ここ、どうぞ」

空いていたビーチチェアを勧めると、おばあさんは入ってきて、ビーチチェアに腰を下ろした。

「あの人たちの話だったたね」

そして、おばあさんは、父と晴子さんが初めてこの島へ来たときの話をしはじめた。

父は、まるで魂《マブイ》が抜けたような顔をしてこの島にやってきたという。

＊

晴子さんは、初対面のときから、そんな父の様子を心配していた。

初の沖縄上陸、滑り出しの天候は生憎《あいにく》の雨。それもかなり時化《しけ》ており、晴子さんは逆に嵐の沖縄を撮るのはどうかと提案して、波の名所を案内していた――というのは、ぼくも知っている話だ。

嵐の沖縄を楽しんでくれた父に晴子さんが好印象を持った、と聞いていたので、きっと楽しい撮影旅行だったのだろうと思っていたが、「いやいや」とおばあさんは首を振った。

「あんたのお父さんは、だいぶ心配な感じだったよ。魂が落ちたみたいだった」

魂が落ちる、というのは沖縄独特の感覚だ。沖縄では、びっくりしたりストレスを受けたりすると、その衝撃で魂が体から落っこちてしまうと信じられている。

落ちた魂は、拾って体に戻さなくてはならない。魂が落ちたまま放っておくと、気が塞いだり、体調が悪くなったり、酷いときは病気になったりするという。

その頃、父の魂が落ちていた理由は分かる。――母が亡くなり、父は途方に暮れていた。母が亡くなった事実から逃げるように、日本中を撮影して回っていた。

晴子さんと初めて会った頃も、まだ魂は体に戻っていなかったのだろう。

「あんたのお母さんは、かいがいしく世話を焼いてたよ」

晴子さんをお母さんと呼ばれることにはまだ違和感があったが、ぼくはおばあさんにはそれを言わなかった。法律的には晴子さんはもうぼくのお母さんなのだし、再婚まもない子供の複雑な心境を第三者に訴えるのは、それこそ子供っぽい振る舞いだと思われた。

父を子供だと笑えなくなってしまう。

天気は一度はからりと晴れていたが、また次の嵐が来るのか、島の海は時化がぶり返していた。父は、嵐で濁った海は諦めて、主に赤瓦の家並みを撮っていたらしい。

その日、父が泊まったのも、この家だった。晴子さんは、普通に食事のついた宿にしなかったことを、少し後悔していたらしい。

「また夜の島巡りのお迎えに来ますから、それまでに晩ごはんを食べといてくださいね。食料は何でも使っていいですから。作るのが面倒くさかったら、カップラーメンもありますし」

何度も念を押しながら引き揚《あ》げたが、それでも心配だったらしい。「あたしにも、お父さんをよろしく頼むって言い残して帰っていったよ」と、おばあさんは笑った。近所の人にまで頼んで帰るなんて、よっぽど心配だったのだろう。

結局、晴子さんはお迎えの時間より早く来た。タッパーにさっと食べられるおかずを詰めて。

「坂本《さかもと》さん」

玄関は開いていたが、父はいなかった。電気も点《つ》きっぱなし。

晴子さんが声をかけながら部屋に上がると、居間の座卓にメモが一枚置いてあった。

海を見てきます。

島のガイドブックが開きっぱなしになっていた。西の桟橋のページだった。

晴子さんは、おかずを冷蔵庫に入れて待ったが、父はなかなか帰ってこなかった。

晴子さんが迎えに来ると言っておいた時間になっても。

晴子さんは、西の桟橋にお迎えに行くことにした。「行きがかり上、あたしも付き合ってね」おばあさん、意外と面倒見がいい。

街灯がない西の桟橋は、真っ暗だった。海を見てきますも何もない。海はひたすら真っ黒で、沖には何も見えやしない。時化て荒れた波が桟橋に砕けて、そのしぶきが月の明かりでわずかに白く光るだけだ。

父は、桟橋のたもとに腰を下ろして、ぼんやりしていた。

晴子さんは、ほっとしながら父に歩み寄った。

「坂本さん」

声をかけると、父が顔を上げた。晴子さんは、立ちすくんだ。

父の顔は、涙でぐしゃぐしゃになっていた。

「いや、あの」

父は慌てて顔をぬぐった。

「亡くなった妻のことを思い出してしまって」

みっともないな、と洟《はな》をすする。

「もういいかげん立ち直らなきゃいけないのに」

晴子さんは、黙って父のそばに立っているしかできなかった。

「息子のほうがずっとしっかりしてる。俺ってやつはほんとに……」

「お辛かったですね」

こぼれるように、晴子さんはそう呟いた。

すると、――まるで咆哮《ほうこう》のように、
父が号泣した。

晴子さんは、父のそばに膝を突いて、いたわるように背中をさすった。まるで怪我人を手当てするような、自然な仕草だった。

目の前に怪我人がいたら、何はともあれ介抱《かいほう》するのが人情というものだ。

咆哮のような父の号泣は、止まらなかった。

その声が少し収まるまで、晴子さんは寄り添っていた。

やがて、

「一度、宿に帰ってますね。ゆっくりなさってください」

そう言い残して、晴子さんは帰った。

父は顔を上げず、返事もしなかった。押し寄せる嗚咽《おえつ》に思うさま身を任せていた。


父はなかなか帰ってこなかった。

小一時間ほど待って、晴子さんはまた桟橋へお迎えに行った。

身も世もなく泣きじゃくっていた父のことが心配になったのだ。

着くと、父が浜辺に立ち尽くしていた。

背中がしばらく逡巡《しゅんじゅん》して、やがて——波打ち際から沖へ駆け込む。

悲鳴は、声にならなかった。晴子さんは、父の背中を追って走った。

父は、まっしぐらに海の中を突き進む。

「坂本さん！」

父は、振り返りもしない。

晴子さんは無我夢中で海の中を駆け、ようやく父に追い着いた。遠浅の海は、まだ胸くらいの水深だった。

「戻ってください！　駄目です！」

荒れた波に揉まれながら、晴子さんは父の胸倉を摑んだ。風が晴子さんの叫び声を吹きちぎる。

「あなたが後を追ったら、息子さんはどうなるの！」

「いや、ちょっと離して……」

「離しません！」

「猫！」

父に叫び返されて、晴子さんは声を呑んだ。

「猫！　死ぬ！」

父が指差したほうを見ると、桟橋に砕ける波の中に、不規則に暴れるしぶき。

猫が、溺れていた。

――父と晴子さんは、力を合わせて溺れる猫を掬《すく》い上げた。

波に揉まれながら、浜辺に戻る。

「まずいぞ」

父が抱きかかえた腕の中で、猫なのに濡《ぬ》れ鼠《ねずみ》の猫は、ぐったりしていた。

「水を飲んだんじゃないかな」

「猫の人工呼吸ってどうすればいいのかしら」

と、父が猫の後ろ足を持って、上下に揺すぶった。

「そんな乱暴な」

「子供が飴玉《あめだま》とか飲んだら、逆さにして振るんですよ。上手く行けば吐き出す」

結果的に父の応急処置は正しかった。猫はけぷっと水を吐き、後は自分でげえげえ吐いた。吐ききって、地面に力なくへたばってしまう。

「取り敢えず、宿に連れて帰りましょうか」

「そうですね、寒いし」

父と晴子さんも濡れ鼠だった。

宿に戻って温水のシャワーで猫を洗ってやり、タオルとドライヤーで二人がかりで乾かす。

猫はそのまま段ボールに即席の寝床を作って寝かせてやり、二人は交替でシャワーを使った。探すと押し入れに寝間着があったので、晴子さんは取り敢えずそれを着た。

二人が落ち着いた頃には、猫の様子もすっかり落ち着いて、溺れた猫ではなくただの眠る猫になっていた。

「あの」

晴子さんが気まずそうに切り出した。

「すみません。わたし、おかしな誤解を」

「いえ、そんな」

父のほうも恐縮した。

「当たり前ですよ。大の男が号泣して、その後、海に入って行ったんだから」

父が、眠る猫を眺めた。

「何かね、あの猫、目が悪いみたいで」

「そうみたいですね。この近くにねぐらがあるみたいなんですけど」

「晴子さんと一緒に来てね、こいつ、残ったじゃないですか。しばらくは僕のそばをうろうろしてたんですけど、僕が泣きやんでから、あちこち散歩しはじめて。桟橋を歩いてて、足を踏み外して落ちたんです」

「わたしについてきちゃったせいだわ、悪いことした」

「いや、僕のせいですよ。何か、僕に付き添ってくれてたような気がするんです」

いえいえ、わたしが。いえいえ、僕が。

眠る猫を巡って、責任争い。

やがて、二人は、顔を見合わせて笑った。

「夜の島巡りは、どうします？」

父は、「次の機会にします」と言った。

「また、案内してください。いつか、息子と一緒に」

「ぜひ。お待ちしてます」

そして、晴子さんは帰っていった。「冷蔵庫におかずを入れてありますから」と父の晩ごはんを心配しながら。

＊

「まったく、ドジな猫だよ。足を踏み外して海に落ちる猫なんか、あのときが死に時だったんだ」

おばあさんは、猫に厳しい。

「運が良かったんだよ」

ぼくは、父と晴子さんの理屈を引いた。

「お父さんと晴子さんが居合わせたのも、自然なんだから」

人里近くの野生の王国。少しくらい、人間の関わるイレギュラーがあってもいい。

「運、ねえ」

まあ、そういうことにしておいてやってもいいか。

おばあさんはそう呟いて、ふぇっふぇと笑った。

「あんたのお父さんも、あの騒ぎで魂が戻ったみたいだしね」

「そうそう。情けは人のためならずだよ」

人じゃなくて、猫だけど。

おばあさんが、よっこらしょと腰を上げた。

「お父さんと晴子さん、呼ぼうか」

「いいよ、いいよ。そろそろ戻らないと、家の者が心配するからね」

おばあさんはのんびりとした足取りで、門に向かった。

門のところで、一度ぼくを振り返る。

「あんた、そのうちお母さんって呼ぶのかい」

「えっ」

「多分、待ってるよ」

それは分かってる。——父が、晴子さんをお母さんと呼んでほしがっていることは。

「あの人は辛抱強いから、あんたにせっつきはしないだろうけどね」

えっ、ともう一度声が出た。

辛抱強い。——父に対する表現ではあり得ない。

「待ってるって、晴子さんが？」

問いかけには答えず、おばあさんはすたすた出て行ってしまった。

ぼくが立ち尽くしていると、玄関から晴子さんが出て来た。

「リョウちゃん、お風呂」

次いで、父が「代われ代われ」と出てくる。髪は乾かして、ビールを一缶。

「おお、こりゃ、王様のベッドだな」

父は、ぼくと同じ感想を上機嫌で呟いた。

翌日も、ぼくたちは猫を探して島を一巡りした。

星の砂が拾えるという浜にも、そこらをねぐらにしている猫がいて、父はいろんなアングルから写真を撮った。

誰が一番たくさん星の砂を拾えるか、という競争で、父が一番むきになったのは、いつもどおりのお約束だ。

その晩は、夜の島巡りへ。

東屋の浜に行くと、月に白く照らされたビーチに、猫が思い思いにくつろいでいた。

「これはなかなか珍しい画《え》だな」

父はいそいそ三脚を取り出してカメラを据えると、シャッタースピードを遅くしてシャッターを切った。

シャッタースピードを遅くすると、カメラはそのぶん光を多く取り込んで、夜景がきれいに写る。月と星明かりだけなので、街の夜景を撮るより思い切ってシャッタースピードは遅く。父は二十秒近くに設定していた。

カメラをしまってからも、ぼくたちは夜の浜辺でくつろぐ猫をしばらく眺めていた。

「やっと夜の島巡りができたなぁ」

父がふとそんなことを呟いた。

夜の島巡りは、次の機会に。——いつか、息子と一緒に。

前回は、その約束で終わった猫の島だった。

「前は……」

夜の海で、猫を助けたんだよね。そう言いかけて、ぼくは口をつぐんだ。

父が亡くなった母を思って号泣したときの話だ。晴子さんとの家族旅行で持ち出す話じゃない。

「何だ？」

父が促したので、ぼくは話題をちょっとだけ方向転換した。

「前は、夜の島巡りはしなかったの？」

不自然じゃなく言葉を繋げるには、これくらいの方向転換が精一杯だった。何しろ子供だったものだから。

父と晴子さんが目を見交わした。お互い、小さく微笑む。

「前はなぁ。時化で海が荒れてたんだよ」

嘘はついていない。だが、全部は話していない。

大人はこんなふうに話題を穏やかに丸めるんだな、と思った。お父さんにも大人っぽいところがあるじゃないか、とも。

「次はリョウと一緒に来たかったんだ」

うん、知ってる。――とは、ぼくも言わずにおいた。

「みんなで来られて、よかったね」

全部は話していない。でも、嘘ではなかった。


猫の写真はたっぷり撮ったので、次の日は石垣島で観光して帰ることになった。

九時過ぎに石垣に着く便に間に合うタイミングで、宿を出る。

晴子さんがアナログな受け渡し場所に鍵をしまって、送迎の車に荷物を積み込んでいると、白砂の道を古ぼけた猫がとことこ歩いてきた。

潮焼けで黄ばんだ白地に、黒いぶち。そして――

「あら！」

晴子さんが、はしゃいだ声をあげた。

「カツさん！　ほら」

父も、猫を見て「おお！」と嬉しそうだ。

「元気だったか、お前」

古ぼけた猫は、大人しく父になでられた。親しげに頭を父の手にこすりつける。

「昔来たとき、海で溺れてたのをカツさんが助けてあげたのよ」

うん、知ってる。——とは言わずに、ぼくは頷いた。

「何度か見たよ」

古ぼけた猫の右目は、真っ白に濁っている。

「未だにこの辺がねじろか」

「それがね、カツさん。あれからしばらく経って、ご近所さんが飼ってくれるようになったのよ」

「へえ！　よかったなぁ、お前。畳の上で死ねそうじゃないか」

おかげさまで、というように、猫はまた父の手に頭をこすりつけた。晴子さんにもすりすりしてから、ぼくにも。

どうも、とぼくは呟いた。——いろんな話を聞かせてくれて、ありがとう。

「そのうち、お母さんって呼ぶからさ」

なでながらそう呟くと、猫は体全体をぼくのすねにこすりつけてきた。

まるで、ぼくを誉めてくれるように。

家に帰った翌日、父はさっそく写真を焼いて、編集部に送った。

次の月、編集部から猫特集の雑誌が送られてきた。

「ああー、駄目だったかぁ！」

父が雑誌をめくりながら、悔しそうに天井を仰いだ。

ぼくと晴子さんも雑誌を覗き、すぐに察した。父の一番の自信作が使われていない。

浜千鳥を狩ったハンターの写真。

採用されていたのは、夜の浜辺に戯れる猫や、あざとくかわいい子猫の写真だった。どの写真が採用されたところで報酬は変わらないのだけど、自分の自信作が使われないとやっぱりへこむらしい。

「元気出して。わたしはあれが一番好きよ、一番沖縄の猫らしい写真だと思うわ」

「ぼくもあれが一番だったよ」

父が落ち込むといろいろ面倒くさいので、二人がかりで持ち上げにかかる。

阿吽《あうん》の呼吸は、かなり親子っぽくなってきた。

お母さんと呼べる日は、そんなに遠くないかもしれない。

だから、安心してくれよ。――右目の濁った古ぼけた猫に、ぼくは心の中から便りを送った。

fin.

雑種の猫が好きです。
子供の頃に猫を飼っていました。
以来、猫を見かけたら構わずにはいられません。
猫は猫の都合でしか動かない。
でも、そこがいい。
「猫の島」では、人を恐れない堂々とした猫を書きました。

有川ひろ（ありかわ・ひろ）
高知県生まれ。二〇〇四年『塩の街 wish on my precious』で「電撃ゲーム小説大賞」大賞を受賞しデビュー。同作と『空の中』『海の底』の「自衛隊三部作」、「図書館戦争」シリーズ、「三匹のおっさん」シリーズをはじめ、『阪急電車』『植物図鑑』『県庁おもてなし課』『空飛ぶ広報室』『旅猫リポート』『明日の子供たち』『アンマーとぼくら』など著書多数。
二〇一九年に「有川浩」より「有川ひろ」に改名、以降の著書に「倒れるときは前のめり」シリーズ、『イマジン？』がある。

猫の島の郵便屋さん

ねこまき（ミューズワーク）

ねこじいちゃん番外編
猫の島の郵便屋さん
ブィ──…

ワイ
ワイ
うつら
うつら
昨日はスズキがよー獲れた
ほれ
にゃ
こんちはーっ
今日はあったかいねぇ
おうっ
さとし
わしに何か
きとらんか
きーッ

源さん? あー 来てたよ
請求書じゃろ
ヒャッ ヒャッ
家のポストに入れとくからさ
忘れずに見てよ
ブィィィ
ブィー…
よおっ
っにゃ

こんにちは春子さんっ
耳が遠い
春子さん
おや さとし君
小包届いとるよ
ほーかね
あれま 九州に嫁いだ娘からだよ

よかったねえ 春子さん
うふふ、なんだろうね
そーや、あんた おまんじゅう 食べるか？
よっ
えーよ えーよ
おまんじゅう
いっつも ご苦労さん
ほれっ 持って行き
あっ ありがと
ぐぃ
大吉さーん 荷物きとるよー
おう さとし

東京の剛からだゎ
いろいろ送ってこんでもええってゆーのにあいつは……
印かん持ってくるで待っとって
いい息子さんだがね
畑でレモン穫れたで持って行き
でーん
えー!? これレモンなの? デカくない!?
わしもおどろいたてぇ
ジャンボレモンちゅうらしいぞ
ブィー……

おかし食べ
ほれもってけ
お腹へったらつまみ
行く先々でくれるから
ポケットがおやつでいっぱいだ…
パン
パン
じーー…
なんかくれ
ごめんなお前たちの食えるもんはないんだ…
なーーんだっ
ち

ブィー
パカ
ふふ
便りを届けるとみんな嬉しそうに笑うんだよな
二次がレモン…
俺も母さんに手紙を出してみようかな
ここはじーちゃんとばーちゃんと猫の島
ブィー…

私にとって猫とは家族を繋ぐ重要な存在です。

会話が無くなりつつある夫やギスギスしがちな義母との間を猫たちが上手に取り持ってくれています。

以前、夫と怒鳴りあいの大喧嘩になったことがありました。

いよいよ怒りが頂点にというその時！

二匹の猫が慌ててやってきて、
まるで私に加勢するように夫に向かって
「にゃー！　にゃー！」と鳴きだしたのです。

その必死さに思わず笑ってしまい、二人とも戦意喪失。

今では喧嘩の原因すら憶えていません。

我が家では「子は鎹《かすがい》」ならぬ「猫は鎹」なのです。

ねこまき（ミューズワーク）
名古屋を拠点にイラストレーターとして活動しながら、コミックエッセイをはじめ、犬猫のゆるキャラ漫画、広告イラストなどを手掛けている。著作にベストセラーの「まめねこ」シリーズ、『まんが　ねこ横丁　東京かんばん猫』『ケンちゃんと猫。ときどきアヒル』『トラとミケ　いとしい日々』、『ねこのほそみち』『ねこもかぞく』（ともに堀本裕樹氏との共著）などがある。本書掲載の作品は「ねことじいちゃん」シリーズ（既刊5巻）の番外編となっている。

ファントム・ペインのしっぽ

蛭田亜紗子

見るからに冷たそうな銀色の檻《おり》のなかで、その仔猫は背すじの毛を逆立てて耳を伏せ、鼻の頭に皺《しわ》を寄せて唸《うな》っていた。

かまってほしげに必死に鳴いている仔猫や、ぴょんぴょんと跳《は》ねながらこっちを視線で追いかけてくる仔猫、洋種の血が混じっているらしい高貴な顔立ちの長毛猫など、もっと愛らしい子はほかにいた。それでも、敵意を剝《む》き出しにしているお世辞にも器量が良いとは言いがたいその仔猫に、私は心臓を鷲摑《わしづか》みにされていた。私が手を差し伸べなければだれにも引き取られないかもしれない、と思うと欲情するみたいにぶるんと身震いがこみあげる。

仔猫を指して振り向き、くすんだ水色の作業着を着ている職員に「この子でお願いします」と告げる。施設内の空気には消すことができない刻印のように獣臭がただよい、背後の檻のなかではみすぼらしい毛並みの大型犬が盛んに吠《ほ》えていた。職員は檻を開けると、後ずさってシャーッと威嚇《いかく》する仔猫を慣れた手つきで持ち上げて、私が持参したキャリーバッグに入れる。

「こういう柄、なんていうんでしょうか。三毛ともちょっと違うし」

黒に茶色の縞模様がまだらに入り交じっている柄は、ペットショップでは見かけたことがない。

「錆《さ》びですね」と職員が答える。

「錆び……」もっとこう、洒落た名称はないのだろうか。そんな身も蓋《ふた》もない感じではなくて。

数日前にホームセンターで購入したばかりの真新しいキャリーバッグに収まった仔猫を観察して、尾が短く、しかも曲がっていることに気付いた。

「しっぽ、怪我してるんですか。虐待でもされたんでしょうか？」

「ああ、これは生まれつきですよ。しっぽが短いのも曲がっているのも。日本の雑種には多いんです。問題ありません」

住宅地で保護された推定生後二ヵ月のメスとのことだった。受付に戻ってかんたんな面談を受け、誓約事項が書かれた書類に記入し、身分証明書として免許証を提示すると、ちいさな命は私のものになった。いままで猫を飼ったことはいちどもなかった。だが、二週間ほど前、そうだ猫を飼おう、と天啓のように閃《ひらめ》いたのだ。バイト初日の帰り道のことだった。ペットショップで購入することも考えたが、自治体の動物管理センターで保護猫の譲渡をおこなっていることを知り、平日の昼間にやってきた。

動物管理センターを出て車に乗る。仔猫は助手席に置いたキャリーバッグのなかで、車の振動が怖いのかずっと鳴いていた。

「ほら、今日からここがおうちだよ」

マンションの部屋に入ってキャリーバッグの蓋を開けると、仔猫はおそるおそる室内を見まわした。フローリングの床に降りたものの怯《おび》えたようすで立ちすくむその子の、五センチほどしかない短い尾に触れてみる。根もとから先端まで指で辿《たど》り、骨が二回曲がっていることがわかった。痛いのだろうか、私の顔を見て眼を尖《とが》らせ、にゃーと鳴く。ごめんね、と謝って手を離した。

仔猫はしばらくよたよたと歩いていたが、テレビ台と床のあいだのわずかな隙間《すきま》に隠れてしまった。帰る途中でスーパーに寄って購入した仔猫用キャットフードを皿に盛り、ガラスボウルに水を入れ、その隙間に押し込む。立ち上がりかけたそのとき、私はお尻のさきに鋭い痛みを感じて声を上げた。どうやら存在しない尾を踏んでしまったらしい。

ファントム・ペイン、と呟《つぶや》く。その言葉を教えてくれたのは以前勤めていた会社の同僚である桐谷《きりたに》さんだ。

空っぽの電気ポットを持って入った給湯室には先客がいた。布巾《ふきん》を洗っているその女性は、いつ入社したのか、気付いたら経理部に在籍していた。同じフロアとはいえ、経理部と私が所属していたインターネット事業部は端と端なので、月末の締めの時期に何度か言葉を交わしたことがある程度のつきあいだった。お疲れさまです、と声をかけてから、そうだ桐谷さんだ、と名前を思い出す。

斜め後ろに立ってシンクが空くのを待ちながら、ぼんやり彼女を眺《なが》めていた。年齢は私よりいくつか上だろう。桐谷さんは布巾を蛇口に引っかけて片手で絞っていた。変わったやりかただなと思い、だらりと垂れ下がった使っていない左腕を見て、あっと声が出そうになった。

七分袖のカットソーから伸びているその左手は、人間の皮膚とは違っていた。つるりとやわらかそうな質感をしていて、色のむらがない。――シリコン製だ、と思った。

「この義手、装飾用だから動かせないんですよ」私の視線に気付いたらしく、なんでもないことのように彼女は言った。「フック船長みたいなカギ爪の義手も持ってて、それだとけっこう器用に使いこなせるんですけどね。料理とか裁縫とか。でもカギ爪は見ためにインパクトがあってぎょっとされることも多いんで、家の外では基本的にこれを使っています」

「義手なんですか。いままで気付きませんでした」

「爪も血管もあるから、ぱっと見だとわからないですよね。でもシリコンだから黒ずみやすいのが難点で」

「透明感があって、私の乾燥して粉を吹いてる腕に比べたらずっときれいです。ほら見てください、肘なんてがっさがさ」

自分の腕を伸ばして桐谷さんの義手と比べてみる。

「確かに保湿クリーム塗ったほうがよさそうですね」と桐谷さんは眼鏡の奥の眼を弓なりにして笑う。

たぶん私はよほど不躾《ぶしつけ》な視線を送っていたのだろう。訊《たず》ねたわけでもないのに、彼女は腕を失った理由を語りはじめた。

「十四のとき、バイク事故で失いました。こう見えてもけっこうグレてたんですよ、当時は。年上の彼氏とニケツしてノーヘルでぶっとばして。むかしのヤンキー漫画みたいですよね」

黒髪を低い位置でひとつに束ね、メタルフレームの眼鏡をかけている桐谷さんの顔をあらためて見た。中学時代を想像しようと試みても、おさげの優等生しか思い浮かばない。

「想像できないです、桐谷さんがヤンキーって」

「まあ、おおむかしのことなので。でもいまだに存在しない左手が痛むことがあるんですよ」

「え、存在しないのに痛むんですか」

「幻肢痛《げんしつう》といって、よくあることなんです。英語だとファントム・ペインっていいます。無駄にカッコイイ名前ですよね、中二病っぽい響きで」

「怪人の痛み？」

私の頭には『オペラ座の怪人』のファントムが浮かんでいた。爛《ただ》れた顔を白いマスクで隠し、オペラ座の地下に棲《す》む怪人。

「ファントムには幻って意味もあるんで、たぶんそっちかと」

「ああ、なるほど。……そういえば私、子どものころからときどきお尻の上の尾骶骨《びていこつ》あたりがむずむずして、しっぽがあるような感覚になるんですよ。これも幻肢痛の一種なのかな。たまに踏んで痛みを感じることもあって」

「うーん、そういうのは聞いたことないです。不思議な話ですね」

桐谷さんの義手の爪は桜貝色と水色でフレンチネイルに塗られ、ラインストーンが貼りつけられていた。化粧気のない顔と華やかな爪のコントラストが、まるで写真に撮ったように強く記憶に刻印された。

結局初日は夜になっても仔猫はテレビ台の下から出てこなかった。覗き込むたび、ちいさな牙を剝いて威嚇された。テレビを見ているふりをしてちらちら盗み見ながら、カギ状に折れ曲がっている尾にちなんで「カギ」という名前を思いついた。

「ねえ、カギでいい？」

缶チューハイを呑みながらテレビ台の下に向かって呼びかけると、フシャーと不穏な返事が返ってきた。

翌朝もカギは同じ場所に隠れたままだったが、皿のキャットフードがなくなっていた。おから製の猫砂を入れたトイレは使った痕跡がない。その代わり、フローリングの床にちいさな水溜まりができていたので雑巾《ぞうきん》で拭く。

昼近くなってから、紐でつくった即席の猫じゃらしでおびき寄せて捕まえた。持ち上げると、猫のからだはゲル状の物質のようににょろりと伸びて、とらえどころがない。逃げようと暴れるカギをキャリーバッグに入れて、健康診断を受けさせるために動物病院へ連れていった。ぬいぐるみみたいなトイプードルがひっきりなしに吠えている待合室で、カギは気の毒なぐらい身を縮めて震えている。柳浦《やぎうら》カギちゃーん、と奇妙なフルネームを呼ばれて診察室に入った。診察の結果、体内に寄生虫がいると言われて、首の後ろに駆虫薬をつけてもらう。

「幸運のカギしっぽですね」

会計時に財布から紙幣を取り出していると、ピンクのユニフォームを着た助手の若い女性に笑いかけられた。

「え？」

「カギしっぽの猫ちゃんって、曲がったしっぽでしあわせを引っかけて連れてくるって言い伝えがあるんです」

——しあわせ、か。ここ一年半ほど、私の身には悪いことしか起こらなかった。床に置いたキャリーバッグのなかのカギを見る。この痩せこけたまだら模様で体内に虫がいる仔猫の、ちぎれたような短い尾に、幸運を運ぶ力があるとは信じがたい。

病院で緊張して疲れたのか、帰宅してキャリーバッグから出すとカギは床にぺたりと横たわって寝入ってしまった。そっと触れてみる。高い体温、仔猫特有の細くてやわらかい毛並み、呼吸に合わせてゆるやかに上下する丸く膨《ふく》らんだおなか、ときおりぴくぴくと動くひげ。生きものの確かなぬくもりが手に伝わってきて、いとおしさがこみ上げた。雪がちらつく正月の神社の露店で甘酒を買って呑んだときみたいに、胸がじーんと熱く満たされる。カギのおなかに顔を埋めて深く息を吸った。バタースカッチに似たほのかに甘く香ばしいにおいが鼻腔《びこう》に届く。

撫でているうちにカギは細かく振動しはじめた。震えているのかと一瞬心配になったが、これが猫のごろごろ音ってやつなんだと気付く。感動を嚙みしめていると、カギの眼がゆっくり開いた。青みがかった灰色の瞳と視線がかちあう。一瞬の間のあと、カギはぱっと立ち上がって短い尾を膨らませ、飛び跳ねるように後ずさってシャーと威嚇した。

陽《ひ》が暮れはじめるころ、後ろ髪を引かれる思いでカギのいる家を出てバイトへ向かった。からだを動かしているほうが余計なことを考えなくて済むだろうと思い、先月からはじめたオフィスビルの清掃の仕事である。夕方の五時から八時までの短時間の勤務を選んだのは、日中を就職活動にあてるためだ。早朝や土日のシフトもあるので、就職してもダブルワークとして続けられるかもしれないという算段もあった。とはいえ、いまだ就職活動にはいっさい着手できていない。

作業着に着替え、ふたりの同僚と手分けして十階建てのビルのごみを回収してまわった。廊下と階段に掃除機をかけ、ポリッシャーで磨き、トイレを掃除する。オフィスで働く人びとのなかには「ごくろうさまです」と声をかけてくれるひともいるが、ほとんどのひとはまるで視界に入っていないように振る舞う。最初は自分が透明人間になったみたいでショックを受けたがすぐに慣れた。それに私だってこういうオフィスビルで働いていたとき、掃除のおばさんに挨拶していたかどうか憶えてすらいない。

三時間の清掃が終わり、着替えてビルから出ようとしたときだった。

「柳浦さん？」

背後から声をかけられた。清掃バイトの仲間だと思って振り向いた私は、自分の眼を疑った。

「……桐谷さん？　え、なんでこんなところで」

私と彼女がかつて同僚として勤務していた会社は、東京の浜松町にあった。まさか遠く離れた地方都市で会うとは。きのう桐谷さんのことを思い出したのはこの予兆だったのだろうか。

「私、こっちが地元なんで。親が倒れて介護するために戻ってきたんです。いまは五階の財団法人で働いてるんですけど、柳浦さんもこのビルに入ってる会社にいるんですか？」

「そうなの、私は八階にある会社で」

とっさに答えたものの、八階にどんな企業が入っているのか憶えていない。嘘をついた後ろめたさで鼓動が速くなる。

「すごい偶然！」嬉しそうな声を上げた桐谷さんの視線が、私の肩のあたりに止まった。「……柳浦さん、猫飼ってるんですか？」

「え？　なんで」

「コートに毛が」

桐谷さんの手がすっと私の左肩に伸びる。ひとに触られるのはずいぶん久しぶりだった。迷いのない動作と一瞬伝わった指さきの感触に胸がざわつく。

「ほら、これ」

桐谷さんが毛をかざして見せた。黒くて細い毛は確かにカギのものだ。自宅の空中に舞っていた毛がついたのだろう。

「黒猫ですか？」

「ううん、錆び猫。きのう飼いはじめたばかりで、まだぜんぜん懐いてくれないけど」

「えっ！　きのうから？　もしかして仔猫ですか」桐谷さんの眼鏡の奥の眼がきらりと光る。「写真見せてください！」

私はバッグから二つ折りの携帯電話を取り出した。

「ガラケーなんですね」

「いまどきこんなの使ってるひといないですよね。恥ずかしい」

「いえ、信念がある感じでいいと思います」

きのう撮った、カギがテレビ台の下からこちらを窺《うかが》っている写真を表示し、桐谷さ

ん に渡す。

「ずっと隠れてるから、こんな写真しか撮れてないけど」

「ああっ！　ちっちゃい！　かわいい！　たまんないですね！」

桐谷さんはほとんど悲鳴のような声を上げて悶《もだ》える。いつも落ち着いている印象だった桐谷さんのテンションが急上昇したすがたを目の当たりにして、私は内心うろたえていた。猫の話になると人間が変わったようになるひとにときどき遭遇するが、私も猫を飼ったことでその一員に加わらなければいけないのだろうか。

「名前はなんていうんですか？」

「カギです。カギしっぽだから」

「カギちゃんかあ。はあかわいい、仔猫は人類の宝ですね。……うちも猫飼ってるんですよ。超おデブな中年のサバトラなんですけど」

桐谷さんは携帯電話を私に戻し、自分のスマートフォンをバッグから取り出した。差し出されたスマホを覗き込むと、おなかを出してあおむけに寝そべっている灰色と黒の縞模様の猫が写っている。眠たそうに細めた眼でカメラを見ている顔は、いまにも人間の言葉を喋り出しそうだ。

「鯖太郎《さばたろう》です。酔っぱらったおじさんみたいでしょう？」

「確かにかなりの重量感かも。でも信頼しきった表情でいいですね、羨ましい」

桐谷さんがスマホをしまう。以前私が使っていたものと同じ機種だと気付いて、心臓がぎしりと軋んだ音を立てる。

「せっかく同じビルで働いているんだし、今度ランチでもぜひ。LINEやってます？　ってそっか、ガラケーだからやってないですよね。電話番号かメアド、教えてもらってもいいですか」

めんどうだなと思ったが、断るのも不自然なので電話番号とメールアドレスを交換する。

「そういえばお子さん、そろそろ喋りはじめるころですか？」

嘘をつかれて頬がこわばった。

「え、うん、まだほんの少しだけどね」声がひっくり返ったが、桐谷さんは私の動揺に気付いていないようだ。

「今度カギちゃんとお子さんに会いにお邪魔したいです」

ぜひぜひ、遊びに来て、となんとか笑顔をつくって答える。むりやり引っ張り上げた口角が痛い。

桐谷さんと別れた私はビルの玄関ホールに立ち尽くし、重たいため息を吐《つ》いた。雪のちらつく外に出て手袋を嵌《は》めながら、今日の桐谷さんの義手には雪の結晶模様のネイルアートが施してあったことを思い出した。

帰宅して玄関で靴を脱いでいると、奥からばたばたと物音が聞こえた。

「……カギ？」

リビングに入って照明のスイッチを押す。ごみ箱がひっくり返って紙ごみが散らばり、出かける前に畳んだ服が乱れて毛だらけになっている。テレビ台の下を覗いたが、そこに仔猫のすがたはなかった。名前を呼びながら本棚の隙間やソファのクッションの陰などカギの隠れそうな場所をさがしまわって、ふと顔を上げると蟬《せみ》のようにカーテンに張りついているカギと眼が合った。

「あ、こら！」

とっさに叱ると、カギはさらに眼を大きく見開いてカーテンをよじ登った。白いレースカーテンが猫の鋭い爪で裂けていく。いずれここは引っ越さなければいけないのでカーテンは惜しくないが、巧《たくみ》といっしょにインテリアショップで選んだ日の光景が甦《よみがえ》った。頭を振り、その記憶を追い払う。

テレビ台の下の皿が空になっていたので、キャットフードを入れてカーテンの横に置いた。カギはしばらく私のようすを窺っていたが、やがてカーテンから滑り降りて餌《えさ》を食べはじめる。ぽりぽりと音を立てて夢中になって食べるカギを眺めながら、コンビニで購入したべたついたメロンパンを缶ビールで流し込んだ。

寝ようとしてベッドに入りかけたところで、掛け布団が濡れていることに気付いた。鼻を近づけるとつんと刺激臭がする。どうやらカギの尿らしい。掛け布団カバーを外したが、布団のほうまで染みている。カバーは洗濯機に突っ込み、布団は明日コインランドリーに持っていくため丸めて大きなトートバッグに詰めた。

食事を終えてテレビ台の下に隠れようとしているカギをすばやく捕まえる。ぴゃー、と猫らしくない鳴き声を上げるカギを、猫砂を敷きつめたトイレに入れた。

「ほら、トイレはここ」

砂の感触を教えようと前肢《まえあし》を押さえつける。カギはいやいやをするように首を振り、私の手からするりと逃げた。

「なんでわかってくれないの!」

とっさにヒステリックな物言いになってしまった。カギは大きな耳を後ろに反らし、少し離れてこっちを見ている。しんと静まりかえった部屋には私の声の余韻が残っていた。その声に、いつかの自分の声が重なる。

——夫婦なのに、巧くん、私のことぜんぜん理解してくれないよね。

巧に詰め寄る自分のすがた。冷静に話さなければと思っているのに、感情と声はさらに高ぶる。

——ちゃんとわかろうとしてるの?

過去の自分の声から逃げるように、ダウンジャケットを着て毛布にくるまって横たわった。となりのベッドには汚れていない布団が畳んで置いてあるが、巧のにおいが残っているその布団を使う気にはなれなかった。カギが玄関のほうで鳴いている。細く高い鳴き声はいつまで経ってもやまない。ペット可とはいえ、マンションの住民から苦情が来ないか心配になった。

　掃除を終えた印にトイレットペーパーを三角に折って個室を出ると、洗面所で手を洗っていた桐谷さんと鏡ごしに目が合った。

　あっ、と短く声を上げたきり、かたまってしまった。緑色の野暮ったいユニフォーム、左手に持ったスポンジとブラシが入ったバケツ、右手に持った中性洗剤。この格好では言い訳は不可能だ。

「お疲れさまです」わずかな間のあと、桐谷さんが振り返って朗らかな声で言った。お疲れさまです、と逃げ出したい気持ちを抑えて私も返す。ピンクのゴム手袋のなかで手が汗ばんでいる。

「このあいだ、柳浦さんが階段をポリッシャーで磨いているのを見かけたんですよ。声をかけようか迷ったんですけど、すごく真剣な表情だったので。私も学生のころコンビニバイトでポリッシャーかけてたのを思い出して、懐かしくなりました。けっこう熱中しちゃいますよね、あれって。私は左手がこうだから、うっかり力を抜くと振めるりまわされてたいへんでしたけど」

嘘をついたことに触れないやさしさが、傷口に塗る消毒液のようにかえって染みた。なんて返せばいいのかわからなくて、用具入れからモップを出し、床を拭きはじめる。

「カギちゃん、少しは馴れてくれました？」

「まだぜんぜん。今日も餌を食べてる隙に撫でようとして嚙まれました」

「錆び猫ってことはメスですか？　メスのほうが警戒心の強い子が多いんですよね。でも仔猫だし、そのうちべったり甘えん坊になりますよ」

桐谷さんはハンカチをバッグにしまったあと、顔をしかめて義手の左手を押さえた。その表情と所作には見憶えがある。私はモップで床を拭く手を止めた。

「まだ痛むんですか？　あの、その……左腕のさきのほうが」

桐谷さんが顔を上げ、少し首を傾けて困ったような顔で笑った。

「ああ、そういえば前に柳浦さんと幻肢痛の話をしましたね。……幻肢痛って心理的な要因が大きいって言われているんです。家庭環境とか不安とかストレスが、痛みの度合いや頻度に影響するって。多くのひとは時間の経過とともに薄れていくものだけど、私は二十年経ってもぜんぜんよくならない」

「二十年……そんなに長く――」

「私はたぶん、いまだに納得できていないんです。左手を失ったことを」

眼が桐谷さんの左手に吸い寄せられる。つるりとうつくしいシリコンの腕。彼女が失ったもの。納得できていないこと。ギターの弦を弾くと音が響くように、桐谷さんの話が私の胸の傷を刺激した。

──このあいだ、子どもの話をしましたよね。あれも嘘で。産めなかったんです。稽留流産《けいりゅうりゅう》したんです。

私は頭のなかで義手に向かって語りかけていた。桐谷さんはこめかみに白髪を発見したらしく、眼鏡が鏡にぶつかりそうなほど前のめりになって髪の毛を摘まんでいる。ぴっと毛を一本引っ張る。髪が抜けるかすかな痛みを自分の頭皮にも感じた気がした。

「お先に失礼します」

きらりと光る毛をごみ箱に落とした桐谷さんは軽く頭を下げて、ドアの向こうに消えた。

病室のベッドで、空っぽになったおなかをなるべく意識しないようにスマートフォンを弄《いじ》っていた。絶え間なく起こっている世界の悲惨なできごとを伝えるニュースサイトも、友人の子ども自慢写真に被弾するＦａｃｅｂｏｏｋも見たくなかった。ふと思いついてアプリのストアを開く。おすすめのゲームがずらりと表示された。巧は私が全身麻酔から無事目覚めたことを確認してすぐに会社へ戻ったので、カーテンで囲まれた空間でひとりきりだ。

スマートフォンでゲームをしたことはなかった。それどころかコンピュータゲームは小学生のころ友だちの家でスーパーファミコンで遊んだことがある程度だ。

そのゲームを選んだのは、テレビCMで名前を聞いたことがあったからというシンプルな理由だった。タイトル以外なにも知らないままダウンロードした。三頭身にデフォルメされた、眼が大きくてきらきらしている女の子や男の子のキャラクターを育成して、ほかのユーザーと対戦させるゲーム。スタート時に選んだ女の子のキャラクターに、なんとなく考えていた赤ちゃんの名前をつけた。——伊織《いおり》。まだ巧にも打ち明けていない、私の胸のなかだけで呼んでいた名前。性別がわからない時期だったから、男女どちらでも使えそうな名にしていたのだ。

「心拍が確認できません」

医者にそう告げられたのは、妊娠十二週の健診のときだった。

「前回の健診からほとんど育っていないようですね」

白黒の粗い映像を見ながら四十代半ばぐらいの男性の医者は眉間《みけん》に皺を寄せて言った。宇宙空間に放り出されたように、全身がふわふわとして現実感がなくなった。

「そうなんですか。死んじゃってるってことですか？」

自分の声がラジオから聞こえる音声みたいに遠くから届く。多くの妊婦はこのシチュエーションで泣くんだろうかと他人ごとのように思った。

長く苦しい妊活の末に授《さず》かったわけでも、子どもを産むことを人生の目標のひとつにしていたわけでもなかった。スマホの生理周期アプリに生理が遅れていることを教えられ、念のためにとドラッグストアで買ってきた妊娠検査薬が陽性を示したとき、便座に座って足もとのふかふかした毛足の長いマットを見つめながら、どうしよう、と呟いたことを思い出す。

中堅にさしかかり取引先に若い女の子扱いされることも減って、ようやく自分のペースで仕事を進められるようになったと感じていた矢先だった。いっぽうで、もうじき三十になるという年齢に焦る気持ちもあった。巧とは何年もだらだらと遠距離恋愛を続けていた。結婚という言葉は何度か会話に出たことがあったけれど、そうなるとどちらかが引っ越さなければならない。結論を先延ばしにしているうちに年月ばかりが過ぎていた。

結婚はタイミングだって言うし、いいきっかけじゃないかと自分を鼓舞《こぶ》して巧に妊娠を告げた。話はトントン拍子で進み、十年近く勤務していた会社を辞めて彼が暮らす知らない土地へ引っ越すことになった。辞める日に社内を挨拶まわりしながら「デキ婚なんです」とさかんに言っていた私を桐谷さんはよく憶えていたのだろう。

私が親になれるんだろうか、約二十年も養い続けるなんてそんな気が遠くなるようなことできるはずがないという不安感と、この体内に命が宿って育っているんだ、あと何ヵ月か待てば愛そのものみたいな存在に会えるという多幸感。妊娠が判明してからそのふたつの感情が交互に押し寄せて私をかき乱した。泣いたり怒ったり、情緒不安定になって巧に当たり散らす夜もあった。

まだ胎動を感じていなかったし、赤ちゃんの存在を私に意識させるのは悪阻《つわり》とおなかの張りと病院で見せてもらう不鮮明なエコー映像ぐらいのものだった。ちゃんと実感を持てていなかったものが死んでしまったと伝えられても、うまく呑み込めない。帰宅して健診の結果を巧に伝えたときも涙は出なかった。手術前日に子宮口を広げるためラミナリアという棒を挿入された際の痛み、術後の子宮収縮剤による生理痛のような疼痛《とうつう》。そっちのほうがよっぽどリアルだった。

「今回は残念だったね。でも、とりあえずちゃんと子どもができるってことはわかったし、しばらくのんびりふたりの暮らしを愉《たの》しもうよ。そのうちまた妊娠するだろうし」

手術の翌日、迎えに来てくれた巧は家へと車を走らせながら言った。

「うん、そうだね」私は助手席から流れる車窓を眺めて相槌《あいづち》を打つ。住んで数ヵ月経つがいまだ自分のまちだとは思えない、よそよそしい風景。

一週間が経ち、二週間が経つうちに、海岸が波で削られるように少しずつ私は傷ついていった。駅のホームで電車が来るのを待っているとき、リビングのソファでテレビを眺めているとき、湯船に浸かっているとき、ベッドでまどろんでいるとき、無意識のうちにおなかを撫でている。いつのまにかついた癖だ。自分のしぐさに気付くたび、落とし穴にすとんと落ちたような気分になった。このなかにはもうなにもいないのに。私を搦《から》め捕ろうとする暗い影から逃げるように、おなかに触れていた手でスマホを持ってゲームアプリのアイコンをタップする。

「なにやってんの？」

お笑い芸人が騒いでいるバラエティ番組を観て笑っていた巧が、となりの私がテレビを見ていないことに気付く。

「ん、ちょっと、天気予報を確認してた」

ゲームをやっていたと正直に答えたところで問題はないのに、毎回嘘をついた。

はじめて課金したのは電車に乗っているときだ。向かいの座席に座っている女性のバッグについた、マタニティマークのキーホルダー。「おなかに赤ちゃんがいます」の文字と、女性が赤ちゃんに手を伸ばしているハートに囲まれたイラストから、私は眼が離せなくなった。鼻の奥がつんと痛み、眼球に涙の膜が張って視界が歪《ゆが》む。あわてて洟《はな》をすすって目頭を指でぬぐい、自分のスマホに視線を落とした。教会に駆け込む信徒のようにゲームのアプリを立ち上げる。

溜めていたゲーム内のコインで、今日までの期間限定で入手できるアイテムの福引きをした。はずれが出たのでまた引く。

はずれ、はずれ、はずれ、はずれ。

むきになって何度もやっているうちにコインを使い果たしていた。ゲーム画面にある「ショップ」のボタンが眼に入る。躊躇《ちゅうちょ》は一瞬だった。「コイン購入」を選び、三百円ぶん購入する。それを使ってもういちど福引きをやる。

当たりが出た。

課金すればこんなにあっさり手に入るんだ、と拍子抜けした。ゲーム内の課金は月々のスマホの利用料金に合算して請求されるので、ネット通販のようにクレジットカードの番号を入力する必要もない。指示されるまま画面をタップしていってパスワードを入力するだけ。

課金する頻度が増すごとに、私の全身は怠《だる》くなり、なにもできなくなっていった。ベッドは底なし沼のように私を引きずり込み、朝になっても起き上がれない。以前は毎日巧のために朝食をつくっていたのに、炊飯器をセットすることすら億劫だった。夕食はスーパーの惣菜《そうざい》が並ぶようになり、次第にそれも準備できなくなる。とろとろと惰眠を貪《むさぼ》るか、スマホでゲームをやっているか。ひたすらそのふたつだけを繰り返す日々。

「そろそろ仕事でもさがしたらどう？」

朝と同じ格好で布団にくるまっている私を見て、帰宅した巧は嘆息した。

「そんなに子どもが欲しかったんなら、またつくろうよ」

「まだそんな気持ちになれない」私は枕に顔をうずめたまま言った。

「そろそろ立ち直らないと。わざと哀しみに浸ってるように見える。意識して元気を出していくようにしないと、回復しないよ」

顔を上げ、目やにでぼやける視界のまんなかにいる巧を睨んで口を開いた。

「……私がそんなすぐに気持ちを切り替えて『そっか、またつぎ頑張ろう！』ってなれるタイプだと思う？　夫婦なのに、巧くん、私のことぜんぜん理解してくれないよね。ちゃんとわかろうとしてるの？　ねえ！」

喋っている途中から金切り声になっていた。

床には埃《ほこり》が積もり、キッチンのシンクにはカップ麺の容器が積み重なり、炊飯器のなかでいつ炊いたのかわからない白飯が腐っていく。部屋が荒れるいっぽうで、ゲームのプレイヤーのあいだで私が操る「伊織」は有名になりつつあった。つねにランキング上位に君臨する廃課金プレイヤー。

巧が玄関の床に置きっ放しになっていた私のクレジットカードの利用明細書を見てゲームへの課金に勘づいたのと同じ日、私は彼が会社に持って行くのを忘れたタブレット端末をなんの気なしに開いて、匿名でやっているＴｗｉｔｔｅｒアカウントを知ってしまった。

それはひたすら愚痴《ぐち》を書き殴るためのアカウントだった。「悪いやつじゃないんだけど、仕事中にやたら話しかけてくるのがうざい。せめて電卓で計算してる最中はやめてくれ」「ほっとできる場所がない。家が近くなると足取りが重たくなる」「どこで歯車が狂ったんだろう。なにもかもがうまくいかない」

同じ家で暮らしている相手の知らない顔を垣間見て、鼓動が速くなった。いつも飄々としていてなにごとにも動じなくて……そんな私のなかの巧像がぐらぐら揺らぐ。親指の腹でスクロールしていき、愚痴の波に押し流される。あるつぶやきで私の指は止まった。

「結婚したのは相手が妊娠したからしょうがなく。年貢の納めどきだと思って。結婚は『諦め』。結婚生活に必要なのは愛ではなく『責任』」

よじれてすり減って毛羽立って、それでもかろうじて繋がっていた糸が切れる音を、私は聞いた。

枕に顔を押しつけて泣いていると、すぐそばに生きものの気配を感じた。手の甲で涙をぬぐって振り向く。至近距離にカギの顔があった。思わず声が出そうになったがこらえる。カギはふんふんと私の髪のにおいを嗅いでいた。あたたかい鼻息が顔にかかる。そっと布団から右手を出して、カギの頭に伸ばした。

カギはびくっと身を震わせたが逃げなかった。狭い額に生えているビロードみたいな短い毛を撫でる。みゃー、とかぼそい声が耳をくすぐった。

「おいで」

布団を少しめくって呼びかけると、カギはおそるおそる前肢を踏み出した。数日前に洗濯したばかりの布団をまた汚されるかもしれない、と一瞬不安が脳裏をよぎったが、そんなことはどうでもいいと思い直した。あたたかな肉体を胸に抱き寄せる。どくどくどくどく、人間よりも速い心臓の音が伝わってくる。カギはしばらく落ち着かないようすで身じろぎしていたが、あんころ餅みたいな手を左右交互に出して、肉球でマッサージするように私の胸を踏みはじめた。

少し前に読んだ猫の習性に関するインターネットの記事に、前肢で「ふみふみ」するのは母猫から乳をもらうときの動作の名残だと書いてあった。あたたかくてやわらかくて心地が良くて、満ち足りた気持ちになると、赤ちゃん時代を思い出してふみふみするのだと。

カギ、と呟いて、ぽわぽわとしたその背を撫でた。カギは眼を細める。ぐるぐるぐるぐるとちいさなからだに反響している喉の音が、私の全身に伝わってくる。

いまならスマホゲームのキャラクターの育成に心血を注いでいた自分が、なにを求めていたのかわかる。なにかを育てたい、そんな欲求が行き場をなくして竜巻のごとく渦巻いていた。退院した日にチューリップの球根やハーブの苗や、あるいは金魚でも買っていたら、結婚生活は継続していたのだろうか。巧とたまに喧嘩《けんか》しつつも仲良く暮らし、バイトではなくちゃんと就職して、つぎの妊娠に備える生活を送っていただろうか。

ふみふみをやめたカギは私の胸の上で香箱をつくったが、突然立ち上がり、暴れて布団から飛び出した。前肢の細い爪が私の手を引っ掻く。痛っ、と声を上げて手の甲を見ると、白いみみず腫《ば》れができてうっすらと血が滲《にじ》んでいた。腹は立たなかった。むしろ嬉しいようなくすぐったい気持ちがこみ上げる。

カーテンの隙間から見える外は仄暗《ほのぐら》い。何時なのか確かめるため、枕もとで充電していた携帯電話に手を伸ばす。メールの着信を知らせる緑色のランプがついていた。二つ折りの携帯電話を開いて画面を見る。桐谷さんからだ。

『今度カギちゃんとお子さんを連れてうちに遊びに来ませんか？　うちの鯖太郎も見せたいですし』

寝返りを打って少し考えてから、ボタンを押して返信メールを書き、送信した。

布団に深くもぐる。お尻の割れ目のすぐ上、尾骶骨のあたりがむずむずしている。指で撫でながら、私のファントム・ペイン、と頭のなかで呟いた。存在しないはずのしっぽが古傷のように疼《うず》いて存在をアピールしている。辞めた会社、消えてしまった赤ちゃん、去った巧。

——私はたぶん、いまだに納得できていないんです。左手を失ったことを。

桐谷さんの言葉を思い出す。さっきまでカギが乗っていた胸に手を置き、そのぬくもりと鼓動を思い出しながらふたたび眠りに落ちた。


メールで送られてきた地図を頼りにおとずれた桐谷さんの家は、いかにも「実家」といった風情の一軒家だった。玄関ポーチには雨水が溜まった睡蓮鉢《すいれんばち》が置かれ、下駄箱の上には信楽焼《しがらきやき》の狸《たぬき》と鮭を咥《くわ》えた木彫りの熊と茶色に色褪《いろあ》せたドライフラワーが並んでいる。

「ちょっと待ってもらっていいですか。そのへんに座っていてください」

玄関で出迎えてくれた桐谷さんはそう言って奥の居間を指した。よその家のにおいが鼻をくすぐる。

誘いのメールから半月以上経った日曜の昼過ぎだった。子どものことはメールのやりとりのなかで伝えていた。それまで家族以外にはだれにも話していなかったが、意外なほど冷静に説明できたし、桐谷さんの慰《なぐさ》めの文面もすっと胸に入ってきた。

動物病院でカギにワクチンを接種し、きちんと抗体ができて免疫がつくまで待ってから今日を迎えた。手に持ったキャリーバッグのなかでカギが不安そうに鳴いている。「だいじょうぶだよ」と話しかけると、カギはまんまるい双眸で私を見つめて鳴くのをやめた。飼いはじめてから一ヵ月が経ち、当初七百グラムほどだった体重は千二百グラムまで増えた。青みがかった灰色だった瞳は銀杏《ぎんなん》の中身みたいな黄緑色に変わった。最近では私に対して威嚇することもほとんどなくなった。ソファでテレビを見ていると膝に乗って丸くなるし、買いものやバイトや就職活動のため出かけようとすると玄関で寂しげに鳴いてまとわりつく。遊んでほしそうに猫じゃらしを咥えて持ってくることもある。とはいえ布団はあれから三、四回洗っているし、夜鳴きもやめてくれない。

お邪魔しまーす、と声をかけてだれもいない居間に入った。ソファに座り、キャリーバッグを膝にかかえる。橙《だいだい》色のソファの側面は猫が引っ掻いたらしく、ぼろぼろにほつれて黄色いウレタンスポンジが覗いている。猫の鯖太郎は、と思い、室内を見まわした。奥行きのあるブラウン管テレビ、不思議な柄のラグマット、先月のままめくっていないカレンダー。電話台の上のポトスはよく育っていてあと少しで床につきそうだ。隠れているのかそれとも違う部屋にいるのか、猫のすがたは見えない。

「ほら、タクシーが来たから起きて」とほかの部屋から声が聞こえた。

キャリーバッグを床に置いて立ち上がり、開いているドアから覗いてみる。桐谷さんがベッドで寝ているお母さんとおぼしき年輩の女性に話しかけていた。義手ではない右の肩を貸し、起き上がるのを手伝っている。

「あの、お手伝いしましょうか」

私はおずおずと部屋に入って申し出た。ベッドの女性の背に手を添えて支える。

「お母さん、このひと友だちの柳浦さん。東京の会社でいっしょだったの」

友だちと呼ばれて、こそばゆい気持ちになった。

こんにちは、と桐谷さんのお母さんはしっかりとした口調で言った。私を見る眼は確かなひかりを発している。

「こんにちは柳浦です、お邪魔してます」と返す。

立ち上がったお母さんは介助を断り、ゆっくりではあるがひとりで歩いて、玄関前で待っているタクシーに乗り込んだ。出発するのを見送ってから桐谷さんと居間に戻る。

「たいへんですね、介護」その腕で、とつけ足すのは無神経な気がしてやめた。

「妹夫婦が近くに住んでいて分担してるんで。倒れたって連絡があって病院に駆けつけたときは愕然《がくぜん》としましたけど、さいわいリハビリも順調ですし」

「今日もリハビリのために病院へ？」

「そうです。ストレッチやってエアロバイク漕《こ》いで筋トレして、ひょっとしたら私よりも運動してるかも。柳浦さんはスポーツってなにかやってます？」

「ううん、ぜんぜん。でも清掃のバイトでからだを動かしてるから」

「ああ、そうですよね。ガテン系の仕事って汗かいてすっきりしそうでいいですね」

「これ、手土産です。鯖太郎くんにも」

紙袋を差し出した。中身は個包装のベイクドチーズケーキと、猫用のまたたび入りおやつとねずみのおもちゃだ。

「ここのお菓子おいしいですよね。あ、猫のぶんのおやつまで。ありがとうございます」

太った縞模様の猫が出てきてにゃーんと鳴き、桐谷さんの脚に胴をすりつけた。

「あっ、鯖太郎くん。はじめまして」

「鯖太郎、お客さまに挨拶は？」

鯖太郎は私の足のにおいを嗅ぎ、巨大な肉まんみたいな顔をぬっと膝に突き出す。頭を撫でると気持ちよさそうに眼を細めた。

「車じゃないですよね。一本どうですか。それとも紅茶にします？」いつのまにか台所に移動していた桐谷さんが缶ビールをかざして見せた。

「ビール、いただきます」

ビールを二缶持って戻ってきた桐谷さんは、そわそわとした顔でキャリーバッグを覗き込む。

「カギちゃん、見せてもらってもいいですか」

私はキャリーバッグからカギを出して自分の膝に乗せた。カギは黒目を限界まで大きくしておっかなびっくり周囲を見まわす。

「やっぱりちっちゃいなあ。普段鯖太郎を見てるから、縮尺がぜんぜん違って同じ猫とは思えない」

「これでもうちに来たときよりはかなり大きくなったんですよ」

鯖太郎がしっぽを振り振り近づいてきた。カギは身を伏せて耳を寝かせ、数倍の体格差のある鯖太郎にフシャーッと威嚇する。「あら、勇ましい」と桐谷さんが笑う。

「さっきちょっと気になったことがあったんですけど」と私は指を動かしてカギをじゃらしている桐谷さんに話しかけた。「お母さんのベッドの掛け布団カバー、つるつるしていましたけど撥水加工なんですか」

「ああ、そうです。食べこぼしとかも拭けばきれいになるので便利ですよ」

「カギがよくベッドで粗相するんで、どうかなって思って」

「介護用品ですけど、ペットにもいいかもしれませんね。ネットで買ったんです。あとでショップのアドレスをメールで送っておきます」

「粗相とか夜鳴きとか、なかなか改善しなくて。気長に待とうと思っているんですけど」

「猫ってこっちが苛々してると敏感に感じ取るんですよ。それで情緒不安定になってよけい悪循環に陥《おちい》っちゃう。鷹揚《おうよう》にかまえることが大事です。粗相でもなんでもどんとこい、ってね。——なんか私、偉そうですね。猫飼いの先輩ぶっちゃって」

「ううん、はじめての猫なので参考になります」

「あ、ビール空になりました？　もう一本呑みますよね？」

桐谷さんは立ち上がり、台所から新しいビールを二缶持ってきた。カギはおそるおそる鯖太郎のしっぽのにおいを嗅いだが、鯖太郎に頭をぽんと叩かれてソファの裏へ一目散に逃げた。桐谷さんとふたりで声を上げて笑う。

「私、まだカギがなにを考えているのかぜんぜん理解できなくて。桐谷さんと鯖太郎くんは以心伝心ですか？」

うーん、と桐谷さんは缶ビールをローテーブルに置いて唸った。

「理解しあうのと通じあうのって違うと思うんです。猫と完璧に理解しあうことは無理ですよ、言葉もわからないし。でも、通じあうことはできる。膝に猫の体温が移るみたいに、満ち足りた気持ちはお互いに伝わります」

ラグマットにあぐらをかいて座っている桐谷さんの顔は、ほんのり赤らんでいた。ビールをひとくち呑んで言葉を続ける。

「うっとりとした顔で私を見つめて喉をごろごろ鳴らしたり、膝の上で気持ちよさそうに眠ったりしてる猫を見ていると、理解なんて些末《さまつ》なことだと思えてくるんですよね。いっしょに過ごす時間と、いとおしく思う気持ち。それが関係をつくっていくのは、なにもひとと猫の話だけじゃなくて、ひと対ひとでも同じなんじゃないかな。まあ、鯖太郎は私の体温が目当てでくっついているだけかもしれないけど」

「いっしょに過ごす時間と、いとおしく思う気持ち……」

──夫婦なのに、巧くん、私のことぜんぜん理解してくれないよね。

またもや、いつかの自分の声が耳の奥で甦る。

巧がSNSに書いていたこと、あれは私ではないひとたちに向けた言葉だ。百パーセントの本心かどうかはわからない。それなのに、すぐそばにいた巧のぬくもりよりも、インターネットに吐き出された言葉のほうを重く受け取ってしまった。

たぶん私は、子どもを失ったことよりも巧がわかってくれないことよりも、思うように動けない自分自身にいちばん失望していたのだろう。だからあの言葉にとどめを刺されたように感じて彼の手を離したのだ。やっぱりこんな女と暮らしても苦痛なだけだよね、と半ば安堵して。耳を塞《ふさ》いでいたのは私のほうだった。きっと修復はできたはずなのに。

二缶めのビールもいつのまにか空になっていた。昼間に呑むお酒はよくまわる。

「桐谷さん。ハグしてくれませんか」

言葉がするりと口をついて出ていた。桐谷さんは一瞬ぽかんと口を開けたが、すぐに晴れ空のようにすっきりと明るい笑顔になった。

「いいですよ、ハグしましょう」

冷え性らしくひんやりとした右腕とシリコンの左腕がややぎこちなく私を抱き寄せる。シャンプーの香りが鼻をくすぐり、ローゲージのセーターに包まれたやわらかな胸の感触が伝わる。

「……しばらくこのままでいい？」

「気が済むまでいくらでも」

涙で滲んだ視界に二匹の猫が見える。カギは懲《こ》りずに鯖太郎のしっぽにちょっかいを出し、鯖太郎は迷惑そうな顔をして後肢で耳を掻いている。私はずずっと洟をすすり、眼を閉じて桐谷さんの体温に浸った。

全肯定できる存在。
ソファをぼろぼろにされてもみみず腫れをつくられても
家じゅうに嘔吐爆弾を投下されても、まるごと許して愛せる。
普段生活していると、ひとに対して腹を立てることが多々あるけど、
ほんとうはだれもが愛すべき存在なんじゃないか、
猫に対するときのようにもっと寛容になっても
いいのではと気付かされる。
私の怠惰さも猫ほどではないよね、
と自分にまで甘くなるのが難点だけど。

蛭田亜紗子（ひるた・あさこ）
一九七九年北海道生まれ。二〇〇八年に「女による女のためのR－18文学賞」大賞を受賞。二〇一〇年『自縄自縛の私』を刊行しデビュー。その他の著書に『人肌ショコラリキュール』『愛を振り込む』『フィッターXの異常な愛情』『凜』『エンディングドレス』などがある。

ネコ・ラ・イフ

北道正幸

じゃ
行ってくる
からな
イイコで
おるすばん
たのむぞ
ニャー
カララ・・
タン
ネコ・ラ・イフ
北《キタ》道《ミチ》正《マサ》幸《ユキ》
ガチャ

あら おはよう
おはよう ございます
ハッ
ハッ
ハイハイ ひっぱらないの
ワァーーオ
もえるゴミ
火 金
ミャーオ
ミャーオ
ミャーオ
ミャーオ

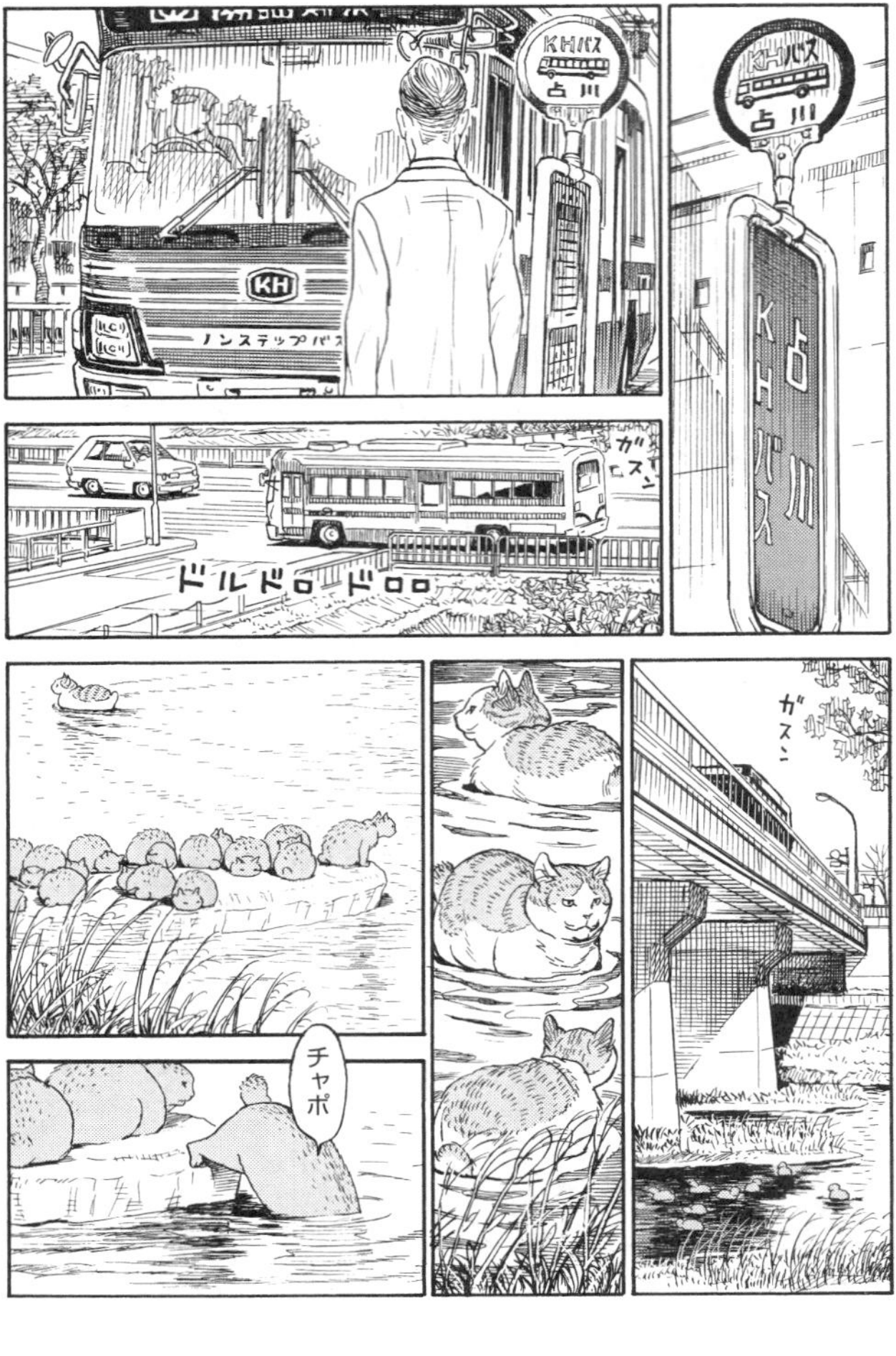
KHバス
占川
占川
KHバス
KH
ノンステップバス
KHバス
占川
ガスン
ドルドロ ドロロ
ガスン
チャポ

HQ市正市駅
STATION
パラ
パラ
ミャー
ミャー
ミャー
ミャー
タタタタ
わーっ
ババ
バ
キャッ
キャッ

トタ
カタ
主任　お昼どうします？
カタ
ん――
カタ
お？
そういえばパンくずがまだあったな
金欠がそこまで
おなかすいたろ
いま　いいものあげるからそこを動くなよ
主任
やめましょう!!残酷《ざんこく》です
昼食ならあたしがおごりますから
それだけは!!
キミは何をかんちがいしとるんだ

TNG どうぶつ ZOO
ねこ
ねこ
ねこ
ねこ

ねこ
ショー
アー
アー
アー
タッ
ギャパン
プシューーッ

ザ
おーい
帰ったぞー
プッ
ハハハ
あいかわらず
寝相が
おっさんだな
猫《ねこ》……で
いいんだ
よな?

日常的に目にするなじみの生き物で、
屋根の上からの眺望を獲得した動物といえば
「鳥」と「猫」以外にないでしょう。
うかつに近づくとパッと飛び立ってしまうあたり
猫は鳥によく似ている。
と、やや強引にこじつけましたが、つまり、
人の生活圏で暮らしながら人との距離を保ち、
風景にとけ込んでる猫の姿を
みたり描いたりするのが好きなのです。
彼らを愛おしく撫でているときも、
ずっとこの距離感は変わらないだろうと思います。

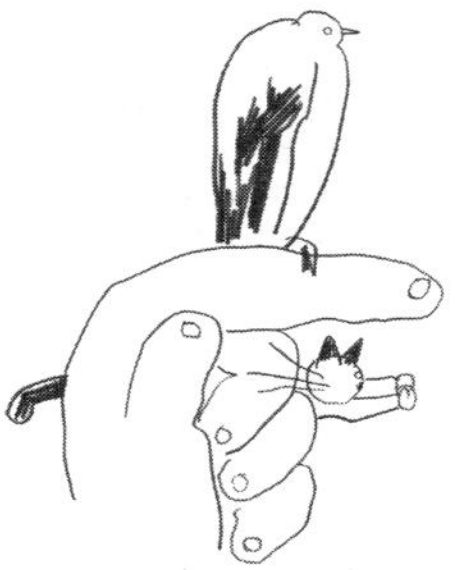

北道正幸（きたみち・まさゆき）
一九六七年福井県生まれ。一九九二年、アフタヌーン四季賞佳作を受賞。以後、「アフタヌーン」に、ギャグ漫画『スカタン野郎』『スカタン天国《パラダイス》』、特撮のパロディ漫画『ぽちょむきん』を連載。現在はシニカルな猫たちを描いた四コマ漫画『プ～ねこ』（既刊7巻）を連載中。

黒猫

小松エメル

お西《にし》さん――京の堀川六条《ほりかわろくじょう》にある西本願寺《にしほんがんじ》は、昔から親しみを込めてそう呼ばれている。いる。東山《ひがしやま》にあった寺がこの地に移ってきたのは天正《てんしょう》の頃。三百年以上も前の話だ。

（その頃もこれほど大きかったのだろうか）

境内《けいだい》を歩きながら、島田魁《しまだかい》はぼんやりと考えた。魁はお西さんの門徒だが、知らぬことばかりだ。守衛までしているのにな、と苦笑した。

今年で七十になる魁は、十一年前から西本願寺に勤めている。以前は、雑貨やレモネードなどを扱う商いをしていたが、繁盛せず店は閉じた。魁は愛想が悪いわけではないものの、大柄で体格もよく、近寄りがたい見目をしている。客商売は向いていなかったのだろう。それなら向いているものをと思い、現在は自ら開いた剣術道場で剣術を教えているが、門弟が少ないため、そこで得られる金はごくわずかだ。魁が夜間の守衛をはじめたのは、懐《ふところ》事情によるところが大きい。だが、それだけが理由ではなかった。

太鼓楼《たいころう》の前で、魁は足を止めた。交代を待つ日勤の若い守衛が立っている。常ならば魁を認めるなり、朗《ほが》らかに笑うのだが、今日は顰《しか》め面《つら》をして闇を見つめていた。何かあったのかと問うと、

「またあの猫がいるんです」

不気味や、と男は答えた。彼の視線の先を追った魁は首を傾《かし》げた。猫などどこにもいない——そう思ったが、目を凝《こ》らすとそこには確かに猫がいた。闇夜に紛《まぎ》れる漆黒《しっこく》の毛並みだ。その猫を目にするのがはじめてだった魁は、こちらに背を向けて歩く獣《けもの》をじっと見た。

——すまん。あんたがどないかしてくれたんやな。相手はどないな奴やった？

その声音《こわね》が響いたのは久方ぶりだった。思わず周囲を見回しかけて、魁は首を振った。その声の主は数十年前に死んだ。懐かしいと感慨にふける間もなく、別の声が聞こえてきた。

——奴らを探って尻尾《しっぽ》を摑《つか》め。

魁が属した隊の副長はいつも冷ややかに命じてきた。彼も鬼籍《きせき》の人だ。もっとも、隊士で今も生き残っているのはたった数名だろう。彼の隊が活躍したのはとうの昔だ。

——あんたもうちの隊に入らないか。

魁に入隊を勧めた知己《ちき》が、脳裏に浮かんだ。童顔の彼の横には、いつも騒がしい男がいた。魁が下についたこともある明るい笑みを絶やさぬ青年や、能面のように表情がない凄腕の剣士、口煩《くちうるさ》く皆を叱ってばかりいた年寄り――次々に蘇《よみがえ》る記憶に、魁は眩暈《めまい》がした。

「黒猫は死を連れてくるてばあちゃんがよう言うてて……あの猫、暗くなると急に現れるんです。はじめは闇に紛れて分からへんのやけど、目が慣れてくるとハッと気づくんです」

嫌そうに述べた男の声で、魁は我に返った。死を連れてくる――口の中で呟《つぶや》いた魁に、男は怪訝《けげん》そうに首を傾げた。何でもないさと魁は曖昧《あいまい》な笑みで取り繕った。

男が去った後も、魁は黒猫を見つめつづけた。魁の視界から消えそうになった時、黒猫がにわかに振り返った。黄色の虹彩《こうさい》に縁《ふち》どられた真ん丸の瞳を、魁は息を止めて眺めた。

＊

美濃国《みののくに》に生まれた魁は、幼少の頃郷士の父を失った。自害であったと聞くが、真相は定かでない。後を追うように母が亡くなり、魁は親類の家に引き取られた。己は家族の縁に薄いさだめの許《もと》に生まれたらしい――育ての親が病に倒れ、帰らぬ人となった時、魁は悟った。それから魁は、母方の祖父の許で剣術修行に励《はげ》んだ。身に続く不幸を忘れるために、ひたすら剣を振った。魁の剣術の才に目をつけたのが、大垣《おおがき》藩士の島田才《さい》だった。魁は彼の養子になり、島田姓を継いだ。養父は壮健《そうけん》だったが、生憎《あいにく》そりが合わなかった。

「名はくれてやる。出ていけ」

売り言葉に買い言葉で、魁は「お世話になりました」と啖呵《たんか》を切って飛びだした。江戸《えど》に出た魁は、知己がいる心形《しんぎょう》刀流《とうりゅう》の坪内主馬《つぼうちしゅめ》道場で修行を始めた。養家に戻る考えはなかった。養父への怒りがまだ冷めていなかったせいもあるが、魁には叶《かな》えたい夢があった。

(俺は俺の家族を作るんだ)

妻を娶《めと》り、子を生《な》し、大切にする――それが魁の夢だった。剣術で身を立てたい気持ちはあったが、何より大事なのはまだ見ぬ家族だ。人はいつ死ぬか分からない。それは、これまでを振り返れば嫌でも分かった。だから魁は、生きたいように生きようと考えた。たった一人の相手を見つけだし、己の家族を作って、幸せに暮らす。これまでの人生でそれが得られなかった魁には、大きな夢だった。

文久元年《ぶんきゅう》、養父が危篤《きとく》であるという知らせが魁の許に届いた。

「乱世に生まれた男たるもの、持ち得る力を生かさぬのは罪だ。お前には俺が認めた力がある。その力をご公儀の御為に役立てるのだ」

京に上ってくれ——そう述べた養父は、布団から細い手を伸ばして、駆けつけた魁の手を握った。そりは合わなかったが、魁はこの養父のことを好いていた。魁はきゅっと唇を噛みしめて、彼の願いを聞き入れた。

無事上洛を果たしたものの、当てはなかった。ご公儀の御為にも、ひとまずは食い扶持《ぶち》を稼がねばならぬ。よい働き口はないかと口入屋《くちいれや》を訪ねようとした日のことだった。

「その男、盗人《ぬすっと》や。誰か捕まえてや……！」

叫び声を聞き、振り返った。こちらに駆けてくる男を認めて、魁は腰を落とし、大股を開いて構えた。息吐く間もなく、男に向かって突進した。本物の力士顔負けの大男に飛びかかられ、男は呆気《あっけ》なく倒れた。

「あんたは恩人や。後生やからお礼させてください」

盗人を町方に引き渡し、去ろうとした魁を引き留めたのは、金を盗まれかけた丹波《たんば》屋《や》定七《さだしち》という商人だった。身形《みなり》がいいので、金があると狙われたのだろう。礼は固辞したが、定七は魁の袖を摑んで放さない。結局、押しに負けた魁は、定七に無理矢理引っ張られていった。その道中、定七は己が身の上を話すと同時に、魁に色々と問いかけた。

「あんたお侍はんなんや……力士やと思うた。住むとこ決まってへんなら、うちに来てや」

魁が暮らしに困っていると知るや否や、定七は下宿を勧めてきた。有り難い申し出に二つ返事で頷《うなず》いたが、長居をする気はなかった。定七の許には、年頃の娘がいるという。

「俺のような武骨な大男が来たら、娘さんはさぞや怖がるだろう」

「俺が気に入ったお人や。おさともあんたを気に入るに決まってる。あの娘は俺に見目も中身もそっくりやからな。可愛くてええ子や。あんたさえよければ、嫁にもろうてや」

調子よくそんなことを言う定七に、魁は首筋を掻いた。定七は気がいいが、醜男《ぶおとこ》だ。この男に似ているなら、嫁の貰い手が決まっていないのも頷けた。魁は見目のいい女が好きというわけではない。はじめて恋心を抱いた女子《おなご》は、勝ち気で凛《りん》とした目をしていた。十代半ばの頃に惚《ほ》れた女は、薄い唇をいつも固く嚙みしめていた。二十歳を過ぎてから恋した女は、低い声ではきはきと話した。男相手にも堂々と話す様が小気味よかった。

――そこを生意気だと思わずに好きだと言ってくれたのは、魁さんがはじめてだよ。

照れたように笑った女を、魁は愛おしいと思った。夫婦《めおと》になろうと言おうとした矢先、魁は養父と喧嘩して家を出た。それ以来、誰も好きになれずにいる。つくづく家族の縁が薄いことを思いだして、魁は溜息を吐いた。

「俺のような奴と一緒になっても、相手は不幸になるよ」

「謙遜《けんそん》せんでもええ。あんたはええ男や。俺が認めた男やさかい、もっと自信持ち」

無遠慮に背を叩かれた魁は、定七の曇りなき明るさに苦笑を深めた。

家に着くなり、定七は奥に引っ込んだ。ほどなくして、さとと思《おぼ》しきはきはきとした女の声がした。

「知らん人を家に住まわせるなんて何考えてんの。いくら恩人はんとはいえ、無茶苦茶や」

己のせいで揉めていると悟った魁は、家から出て行こうとしたが、定七が娘を引っ張って連れてくる方が早かった。

魁の前に現れたのは、ひどく小柄な女だった。しかし、しっかりした顔立ちと表情のおかげで、子どものようには見えない。目に宿る光は強く、噛みしめた唇は強情さを表していた。さとを見た瞬間、魁は懐かしさを覚えた。さとは、魁がこれまで惚れた女たちの好きなところを、一つに合わせたような娘だった。それに気づいた魁は身震いした。

魁は本気の恋に落ちた。身体《からだ》の奥底から湧き上がった想いで胸がいっぱいになり、苦しかった。だが、それ以上に嬉しかった。それは、魁がはじめて覚えた幸せだったのかもしれない。魁があまりに大柄なので驚いたのだろうか。さとは顔色を真っ青にして、父の背に隠れた。定七は娘が照れていると思ったらしく、似合いやなあと呑気《のんき》なことを言った。

夫婦になってくれ——魁がさとにそう告げたのは、半年経った頃だった。出会ったその日に口にしそうになった魁としては大分我慢したつもりだが、さとには性急に思えたらしい。ようやくまともに口を利いてくれるようになったのに、また俯《うつむ》いて黙り込んでしまったさとを見下ろして、魁は慌てて言い募った。

「無理にとは言わない。だが、俺はおさとさんが好きだ。たとえ叶わずとも、俺はあんたを生涯慕《した》いつづけるだろう」

本気の恋の熱に浮かされて、魁は柄《がら》にもなく次々に愛の言葉を述べた。その間、さとは下を向いたまま、息一つ漏《も》らさなかった。

(俺はなんて駄目な男なんだ。この娘の気持ちも考えず、一人で勝手に盛り上がって……)

我に返った魁は、手を伸ばしかけてやめた。好きでもない男に触れられたい女などいない。そのうち、さとはゆっくり顔を上げて言った。

「剣で身を立てることができたら、夫婦になります」

魁は息を呑んだ。目が合うと、さとはまた俯いた。さとの小さな頭を見下ろしながら、魁は感極まって顔を真っ赤に染めた。

(おさとはまことにいい女だ……)

さとと夫婦になれるなら、商家で働くことも厭《いと》わぬと思っていた。だが、さとは剣で身を立てて生きていきたいという魁の願いに気づいていたのだろう。

「おさと……俺は必ずお前の真心に応えるぞ」

小さな肩にそっと触れて述べると、さとは身を固くして、ますます俯いた。

＊

夕餉《ゆうげ》を食べた後、魁は西本願寺に向かった。

(……少々無理をしすぎたか)

魁は腕を軽く回しながら、嘆息した。今日魁の道場に来たのは、たった三人だ。だからといって、魁は手を抜かなかった。皆、強くなりたくて魁の許に通っている。剣術など過去の遺物だ——明治《めいじ》の世になり、文化が拓《ひら》けて久しい今、彼らの存在は貴重だった。

――何が過去の遺物や。日本国男児に生まれていざという時に戦えんで恥ずかしくないんやろか。ああいう奴らは何やあった時、己の身さえ守れへんに決まってる。

門弟がそんな不平を垂れたことがあったが、魁は彼らの言い分も分かった。士分の剥奪、廃刀令の実施――力を奪われた者たちが各地で暴動を起こしたのは、数十年も昔の話だ。魁が西本願寺に住んでいた時、己の周りは皆刀を帯びていた。その刀で、魁たちは人を斬った。刀と同様に、剣術も人を斬るために存在する。己の身を守るために斬るのではなく、人を斬った結果、己の身が守れるのだ。それを、あの若者たちは知らぬのだろう。

西本願寺の山門を潜《くぐ》った魁は、昼の番をしていた者と交代し、境内を回った。

「あんたはほんま真面目や。こないなところ、誰も忍び込んだりせえへんのやから、適当に休んでたらええのに」

守衛仲間にそう言われ、魁は目を瞬《しばた》いた。

――あんたは動いてへんと死ぬやろ。俺も同じや。じたばたもがいてないとあかんねん。こないなところが似てるから、お互い監察に命じられたんかもしれへんな。

呆れた笑い声が頭の中に響き、魁は足を止めた。太鼓楼の前に差しかかっていた。闇の中に何かがいる。あの黒猫だと分かるまで、しばしの時を要した。

*

「こんなところで会うとは縁があるな」

京の四条大橋《しじょうおおはし》でそう声を掛けてきたのは、永倉新八《ながくらしんぱち》だった。数年前、江戸の坪内主馬道場で出会った。魁よりも十一歳下だが、さほどの歳の差を感じさせぬ男だ。落ち着いた性格によるところが大きいが、彼の剣技もそう思わせる要因だろう。

はじめて永倉の立ち合いを目にした時、こいつは天下一の猛者《もさ》だと魁は唸った。礼儀を重んじる性質《たち》だが、歳下の永倉が同輩のように気安く話しかけてきても、咎《とが》めなかった。天下一の猛者をつまらぬことで怒りたくなかったのだ。しかし、他の者が永倉と同様に接してくると容赦なく叱ったため、魁のこだわりに気づいた永倉は態度を改めた。

——俺はお前を認めている。遠慮はするな。

そう言うと、永倉は表情を引き締め頭を下げた。無精ひげに着流しに砕《くだ》けた口調は、いかにもだらしないが、根は真面目だ。冗談を言っても決して一線は踏み越えない。永倉のことを魁は買っていたし、永倉も魁を友と思ってくれていたようだ。久方ぶりの再会を喜ぶよりもまず魁は訊《たず》ねた。

「なぜ京にいるんだ。慕っている男の道場にずっといるつもりと言ったじゃないか」

「面白《おもしれ》え奴とは言ったな」

そううそぶいた永倉は、よく回る舌で語った。攘夷《じょうい》実行に先立ち、将軍が上洛する――その警護のために作られたのが浪士組《ろうしぐみ》だ。永倉が世話になった試衛館《しえいかん》の面々は、それに参加した。しかし、急ごしらえで寄せ集めの隊は、京に来て早々瓦解《がかい》し、大勢は東帰した。永倉たち一部の者は京に残り、会津藩《あいづ》預かりとなって壬生《みぶ》浪士組という名で活動しはじめた。永倉が慕う近藤勇《こんどういさみ》が、隊の頭の一人だという。

(俺もご公儀のために働きたいものだ)

羨《うらや》ましさが顔に出ていたのだろうか。あんたもうちの隊に入らないかと永倉は誘った。

「俺の一存では決められぬが、口添えしよう」

魁が力強く頷くと、永倉は童顔をさらに幼くさせて笑った。翌日、魁は壬生の屯所《とんしょ》に赴いた。剣術と槍術《そうじゅつ》の技量を見られた後、簡単な面談を受けた。

「隊士部屋に案内してもらえ」

怜悧《れいり》な表情で言ったのは、魁の面談をした土方歳三《ひじかたとしぞう》だった。滅多《めった》に見ないほどの美貌の持ち主だが、愛想は一切なかった。

入隊が決まった魁は、定七の家を出た。壬生浪士組の隊士は、家族や妻子と離れ、屯所に住むのが決まりだ。しかし、筆頭局長の芹沢鴨《せりざわかも》は例外で、横恋慕した菱屋《ひしや》の妾《めかけ》を屯所に住まわせていた。梅《うめ》という名の妾は、匂い立つような色香を纏《まと》った女で、彼女とすれ違うたび、隊士たちは顔を赤らめてそわそわとした。

「あれほどの女を他の男から奪えるのだ。筆頭局長は、実はよほど良い男なのだろう」

「……局長は梅を手籠《てご》めにしたんだよ」

仲間に真実を聞いた時、魁は怒りに震えた。優れたところがない男でも相手に真心が伝われば一緒になれる——芹沢と梅を見てそう思い込んでいたため、裏切られた心地がした。

「女は傷つけるものじゃなく、守るものだ。力の弱い女を虐《いじ》めるなど、男の風上にも置けん。武士どころか、男失格だ」

「あんたは純だなあ。あんたと一緒になる女は、幸せだろうね」

眩《まぶ》しそうな笑みを向けられた魁は、照れたふりをして下を向き、唇を嚙んだ。頭に浮かんだのは、己の出世を待つさと。それを励みに隊務に勤《いそ》しむ魁は、隊の評判を下げる芹沢が許せなかった。だから、しばらくして芹沢が暗殺された時、こっそり喜んだ。そんな浅ましい己を、魁は恥じた。

「近藤への批判を守護職に訴えでる。あんたも名を連《つら》ねてくれ」

頼む——そう言って頭を下げた永倉に、魁は目を白黒させた。

「なぜ批判など……局長に何の落ち度がある」

「奴の目が公平でないからだ。それはあんたもよく知っているだろう」

永倉の返答に、魁は口ごもった。近藤が同門の天然理心流《てんねんりしんりゅう》門下の者たちを優遇することは、鈍い魁でも気づいていた。

「監察に採用されただけであんたは満足か」

永倉は真剣な目で、苦笑混《ま》じりに問うた。またしても、魁は答えられなかった。

隊の内外を問わず監視し、怪しい動きがあれば速やかに報告する。それが監察の仕事だ。この役職ができたきっかけは、この年の六月に起きた池田屋《いけだや》事変だ。御所に火をつけ、一橋《ひとつばし》公ならびに会津公を殺害し、帝《みかど》を長　州《ちょうしゅう》に連れ去る——そんな悪事を企てた浪士たちと剣を交《まじ》えた戦は、新選組の勝利で終わった。その後、会津藩から多額の報奨金を頂戴し、局長の近藤は三十両、副長は二十三両、永倉たちは二十両も授けられた。

「監察の任を命じられた奴らは、あの事変の前に土方から監察の真似事をさせられていた。あんたや山崎《やまざき》もそうだった。だが、報奨金は大してもらえてない。山崎など、一銭も下されなかったそうじゃないか」

「……あれは俺たちが大した成果を上げられなかったせいだ」

他人を信用しないと噂の土方に大事を任された。その期待に応えたかったが、望んだ結果は得られなかった。己の力不足だと魁は思ったが、魁と同様に土方の命を受け働いた中には、報奨金の件を不満に思う者もいた。

「てんで役に立たなかった周平《しゅうへい》とよく働いたあんたが、ほとんど変わらぬ報奨金を下された。あんたはまことに腹が立たなかったのか」

周平というのは、近藤が最近養子縁組した男のことだ。まだ年若い彼は、見目以外には美点がなさそうに見えるが、近藤はなぜか彼を買い、養子に迎え入れた。

「己の子だからと贔屓《ひいき》するほど、局長は愚《おろ》かではない」

「あんたの人の良さは好ましいが、あまり過ぎると嫌になっちまいそうだ」

永倉は冗談のように言ったが、それが本気だと気づいた魁は、寒気を覚えた。永倉の身から、抑えきれぬ殺気のようなものが湧きでている。顔を青くした魁を尻目に、

「俺は近藤に惚れてる」と永倉は言った。魁は首を傾《かし》げた。惚れているならなぜ近藤を追いつめ、貶《おとし》めるような行動を取るのか。そう言うと、永倉は歪んだ笑みで答えた。

「惚れてるがこそさ。俺はあの人に正しい道を歩んで欲しいんだ。これだけ惚れさせておいて今さら曲がった道に行くなんざ許せねえ」

魁はごくりと唾を呑み込んだ。永倉の目には、昏《くら》い炎が灯《とも》っていた。
永倉の熱意に押し切られる形で、魁は訴状に名を連ねた。
(これで出世はなくなった。命も危ういか)
局長批判は、隊の規律を破ったと捉えられるだろう。どんな処罰が待ち受けている
のか——この件が明るみに出るまで、魁は恐ろしさに堪《た》えきれず腹を下しつづけた。
表向きの処罰は謹慎一日のみだった。首謀者の永倉には、三日の謹慎と降格処分が
下された。しかし、翌年には元通りだ。近藤の「身内」には永倉も入っているのだ
と、その時魁は悟った。そうでなければ、ただ名を貸したにすぎぬ魁のように、伍長
止まりで、ほとんど平隊士と変わらぬ扱いのままでいることになっただろう。
(永倉には剣がある。俺も剣を握るが、あいつと比べたら大人と子どもだ)
それを近藤たちは買っているのだろう。悔しさとやるせなさに、魁は泣きたくなっ
た。
「ある件で失策を犯した。散々待たせたというのに……まことに申し訳ない」
非番の日、定七の家を訪ねた魁は、さとに深々と頭を下げて言った。言い訳はしな
かった。さとは清い心の持ち主だ。みっともない振る舞いは見せたくない。
「もう少しだけ待ってくれぬだろうか。必ず出世をする。いざとなれば他の隊で

……」

嘘やったんです——掠《かす》れた呟きに魁は首を傾げた。この時、魁は今日はじめてさとの顔を見た。強い瞳が揺れている。息を呑んだ魁に、さとは小刻みに震えながら懺悔《ざんげ》した。

「前に言うたこと、口からでまかせやったんです。ああ言うとけば、夫婦にならんで済む思うて……出世なんてどうせかなわへんて……」

さとはそれからも何事か言ったが、魁の耳には一つも届かなかった。

＊

魁は毎夜黒猫と会った。見回りをはじめると、黒猫はいつも太鼓楼の前で眠っていた。魁の姿を見ても逃げださず、唸りもしない。好かれているのかもと思うと、特別猫好きでなくとも、この猫が愛らしく思えた。

——島田の奥方か。これは中々愛らしい。

魁はハッと周りを見た。いるはずもない男の声が頭の中に響いた。

——しかし、まるで親子のようだな。

馬鹿にするなよと小突くと、永倉は笑って「羨んでいるのさ」と言った。あれは、いつのことだっただろうか。俯いて考え込んでいた魁は、ふと視線を感じて顔を上げた。いつの間にか目を開き、姿勢を正して座した黒猫が、魁を見ていた。

(あいつは、黒猫は死を連れてくると言ったが、違うじゃないか)

魁が昔のことを夜ごと思いだすようになったのは、この猫と出会ってからだった。

*

魁の夢は潰《つい》えた——はずだった。だが、翌年、魁はさとと所帯を持った。

「おさとがどうしても言うてな。もろうてや」

定七にそう言われた時、魁は夢を見ているのだと思った。

(覚めた時に泣かす気とは性質《たち》の悪い夢だ)

しかし、夢は一向に覚めなかった。隊の決まりで共には暮らせなかったが、非番の時は必ずさとを訪ねた。そのたび、二人は抱き合った。情事の最中、魁はなぜと問いかけたことがあった。わずかに眉を顰《ひそ》め熱い息を吐いただけで、さとは何も答えなかった。

子ができたら分かるのだろうか。さとの気持ちも、夢が叶ったという実感も——。

「あたしは頑丈《がんじょう》や。そない気ぃ遣わんといて」

怖々触れる魁に、さとは笑って言った。いつの間にか、さとは魁をまっすぐ見つめるようになっていた。魁には分からなかった。さとの気持ちも、己の気持ちも――。

困惑の中、魁は隊の仕事に真摯《しんし》に励み、さとや定七を大事にした。そうしているうちに、あっという間に時は過ぎていった。監察の任につくこともあれば、外れることもあった。序列は上がったが、微々たる変化だ。魁がくすぶっている間に、魁と同時期に監察に取り立てられた山崎烝《すすむ》はどんどん出世した。はじめは悔しさを覚えたが、それも過ぎ行く時の中で薄れていった。ある日、魁は山崎の出世を祝うために、呑みに誘った。酒を酌《く》み交わしながら、山崎は頭を掻いて本音を漏らした。

「もうすぐ幹部やと周りはおだててくれるけど、素直に喜べへんわ。明日のことなんて分からへんやろ。目も当てられへんしくじりをするかもしれへんし、死ぬかもしれへん」

「随分《ずいぶん》と後ろ向きなことを考えているのだな」

「あんたと違《ちご》うて俺は繊細なんや」

鼻を鳴らし、山崎は酒を呷《あお》った。じっと横目で見られ、魁は首を傾げた。

「あんたは剣術も柔術も得手やから、監察でなくてもええんや。面倒見もええし、誰とでも上手くやれる。俺は他人をつけ回すくらいしか能がない……」

あんたはええな、と山崎は呟いた。

（こんな男でも他人を羨むのか）

本来なら、優越感を覚えるところなのだろう。だが、己より劣る相手にそんな思いを抱く山崎に、魁は久方ぶりに苛立《いらだ》ちを覚えた。

魁がさとと夫婦になった年、序列二番手だった山南敬助《やまなみけいすけ》が死去した。隊士のみならず、市中の人々にも好かれていた山南の死は、周囲に大きな衝撃を与えた。皆が深く哀しむ中、魁は少しだけ喜びを覚えていた。

（山南総長が消えれば、副長が二番手になる）

山南と違って評判の悪い土方を、魁は好いていた。入隊や監察就任へ導いてくれたのは、土方だ。その恩義もさることながら、魁は土方の素直でない性格や不器用さを気に入っていた。同時に魁は、土方と正反対の素直で実直な近藤も好ましく思っていた。誘いに乗って批判したが、本意ではない。近藤と土方が率いる新選組が好きだった魁は、それを脅《おびや》かす存在を嫌悪した。魁は監察らしく、そうしたものを嗅ぎつけるのが得手だ。

きな臭い奴だ――はじめて伊東甲子太郎《いとうかしたろう》を目にした時、魁は眉を顰めた。伊東は、元治《げんじ》元年の冬に新選組に加入した。推挙したのは同門の藤堂平助《とうどうへいすけ》だが、入隊を強く求めたのは近藤だ。誘いを断りつづけた伊東がようやく上洛を決めたのは、近藤に様々な条件を呑ませたからだともっぱらの噂だった。入隊後、伊東やその配下の者たちが優遇されている様子を見て、噂は真実だったとまた噂された。伊東は山南亡き後、その代わりを務めるような働きをした。伊東は文武に優れた男だ。山南よりもさらに上を行くと評判の伊東を、近藤は随分と頼りにしているように見えた。

「どないしたん」

非番の日、家に帰った魁を見るなり、さとは言った。腹が減ってなと答えると、さとは頰《ほお》を膨らませて台所に消えた。魁が考え込んでいると、さとはこうしてたびたび問うた。顔に出したつもりはないが、家に帰ると気が緩んでしまうのだろうか。己の頰を手で叩いた魁は、無心に家の手入れをした。

「あんたがいると家ん中がえらい綺麗になるからええわ。疲れてはるのにありがとう」

障子《しょうじ》を張り替えていると、さとが嬉しそうに言った。ますます張り切る魁を見て、遊びに来ていた定七が笑い、さともつられたように微笑《ほほえ》んだ。血の繋がらぬ家族の笑顔を見るのが、魁は何より幸せだった。

(こうしていると隊士であることを忘れる……無理だな)

よそで息抜きをしようと、魁たちの帰る場所はあくまで新選組だ。壬生浪士組として旗揚げした隊は、新選組と名を変え、住まいも西本願寺の北集会所へと移った。急増する隊士をまとめるために厳しい規律もでき、大勢の仲間が命を失った。

胸が痛みつつも、自業自得だとも思った。守れと言われ頷いたのに、自ら法を破った――それで処されるのは当然だ。しようがないと割り切らなければ、隊では生きていけぬ。

魁が新選組に入って、もうすぐ四年になるという頃。

（それ見たことか）

西本願寺から去っていく者たちを眺めながら、魁は舌打ちした。この日、伊東たち御陵衛士《ごりようえじ》が、新選組から分隊した。前年暮れに亡くなった孝明帝《こうめい》の御霊《みたま》をお守りする――その名を冠した伊東たちは離隊を申し出たが、まことの理由は違うところにあった。近藤と伊東の対立――それを知らぬ者は隊にいない。こうなることは皆分かっていた。

隊を離れた後、伊東たちは新選組を潰すつもりだろう。ほとぼりが冷めたら、きっと仕掛けてくるはずだ。彼らの好きにはさせぬと心の中で強く誓った時、いつの間にか傍《かたわ》らに立っていた山崎がぽつりとこぼした。

「……なんでこないなことになったんや」

魁は眉を顰め、伊東たちが裏切ったからだと至極《しごく》当たり前のことを述べた。

「そうは思えへん」

「お前の思いはかかわりない。監察としての自覚を持て」

低い声で言うと、山崎はばつが悪そうに謝った。しかし、発言は撤回しなかった。

悔しげな表情を浮かべた山崎は、仕事の支度《したく》をはじめた。集中しないと敵に見つかるぞ——他の監察にならば、そう注意しただろう。だが、山崎にその台詞《せりふ》は言えなかった。山崎は思っていることが顔に出る。おまけに、魁には心のうちを話してきた。それでも、山崎は優秀な監察だった。他の誰よりも——魁よりも。

監察の任につくようになってからずっと魁は思っていた。迷いを抱えるような男にどうしてかなわぬのか、と。魁は山崎と違って迷ったことなどない。同志を疑うことも、つけまわすことも、しようのないことだと思っている。疑われる真似をした方が悪い——そう考えてしまう己は嫌だが、それもしようのないことだ。

「俺は新選組隊士だ。隊のために働く——そこに私情はいらん」

己に言い聞かせるために呟いた言に、山崎はそうやなと頷いた。

「あんたの言う通りや。いつまで経っても呑み込めへん俺が悪いわ」

迷いが吹っ切れたような顔をして山崎は笑った。切り替えの良さが監察には向いているのだろう。己はどうなのかと魁は思った。多弁ではないが、無口でもない。喜怒哀楽は激しくないが、乏しくもない。目立つ見目とは反対に中身は凡庸《ぼんよう》だ。横幅は大きく、目方も重い。足は速いが、長くは走れない。

「なぜ監察を命じられたのだろう」

「この隊で一番の早足やからや。俺のこと喋《しゃべ》る馬や思うてるんや」

己のことだと思い答えた山崎に、魁は溜息を吐いた。心を通じ合えたことはなく、魁は山崎に嫉妬《しっと》を覚えているが、二人は友だった。分からぬものだと魁は思った。新選組に入ってから——それよりも前から、分からぬことはたくさんあった。分かったつもりになって、己を誤魔化《ごまか》して生きてきた。

「死ぬまでには分かるようになるのだろうか」

呟いた時、山崎はすでに探索に出ていた。

＊

今宵も、魁は西本願寺に向かった。

「どないしたんですか」

魁の姿を見て、守衛仲間は驚いた顔をした。腕に巻いた包帯に気づいたのだろう。稽古《けいこ》で少々、と頬を掻きながら答えた魁に、若者は眉尻を下げてぽつりと言った。

「もう若くないんやから気をつけな……」

浮かべた表情にも出した声音にも心配の色が滲《にじ》んでいる。それを察しながらも、魁は曖昧に笑んで返事をしなかった。

七十になった今、魁は日々衰えを感じながら生きている。若い頃は一日が長かった。朝から晩まで動けば流石《さすが》に疲れたが、ぐっすり眠れば翌日には元気になった。今は朝から晩まで動き回ることが難しい。そうすれば、三日は寝込むことになるだろう。

(俺はどんどん老いていく。死に向かって生きているのだな)

魁が歳をとれば、皆も歳をとる。そして、いつかは死ぬ——魁の愛しい人も嫌いな人も、この世から消える。肉体の一部はしばらくこの世にあるが、そこに魂《たましい》は宿っていない。生きている魁には魂の行方《ゆくえ》など分からぬが、こう思っていた。死んだらきっと、その人を想ってやまぬ人間の周りを漂うのだろう——と。それがまことなら、魁の周りには、土方や近藤がいる。山崎や他の隊士たちもいるはずだ。魁はずっと彼らのことを忘れずに生きてきた。

(忘れてたまるか。あれは俺が命を懸《か》けて生きた証《あかし》だ)

維新後、新選組は朝敵の汚名を着せられ、蔑《さげす》まれた。それを耳にするたび、魁は言った人物を殴ってやりたくなった。お前に何が分かる——そんな陳腐《ちんぷ》な台詞を吐いて飛びかかりそうになったのは、一度や二度ではない。

——皆が生きた証を残してやりたいんだ。

永倉がそう言ったのは、明治何年の頃だったか。生き残った彼は、近藤たちの慰霊碑を作るために奔走《ほんそう》した。魁もその手伝いをした。生き延びた新選組隊士のほとんどが協力した。もっとも、その数は少ない。

「皆、死んだ」

呟いた魁は我に返った。いつの間にか若者と別れ、歩きだしていたらしい。気づけば、太鼓楼の前に立っていた。闇の中に黒い影が見えて、魁は目を眇《すが》めた。黒猫は死を連れてくる——いつか若者が言った台詞がまた蘇った。

「迷信を信じるなんざ可愛いもんだ」

笑った魁は、気紛れに猫に近づいた。身を屈《かが》め、一歩一歩ゆっくりと。猫は微動だにせず、目を瞑《つむ》ったままだ。寝ているのだろうか。しかし、立った耳は小刻みに動いている。

黒猫の目の前に来た魁は、静かに屈んだ。その動作すら辛《つら》いことに気づき、苦笑した。

「情けねえよなあ」

問いかけてみると、猫は鳴かずに目を開き、うっとりと細めた。この猫は誰にも懐かぬと守衛仲間は口を揃えて言ったが、魁は例外なのかもしれない。猫であっても、誰かの特別になれるのは嬉しかった。昔からそれを望んでいたが、中々そうはなれなかった。胸が痛んだ魁は、撫でてやろうと手を伸ばした。

猫の首に手が触れた時だった。

——見るな……見るな……！

忘れていた記憶がにわかに蘇り、魁は悲鳴を上げた。

＊

伊東が横死した同日、藤堂、服部武雄《はっとりたけお》、毛内有之助《もうないありのすけ》の三名も討ち死にした。斬ったのは新選組だ。

「畜生《ちくしょう》……！」

兄弟のように睦《むつ》まじかった藤堂の遺骸《いがい》を前に、新選組隊士の原田左之助《はらださのすけ》が泣き叫んだ。傍らに立つ永倉は変わり果てた友の姿をじっと見下ろした。いつも飄々《ひょうひょう》とした彼らしからぬ蒼白《そうはく》の顔を、雲間から覗《のぞ》いた月が照らした。

御陵衛士を監視しろと命じられた魁たちは、わずかな手がかりも見逃すまいと日々働いた。魁は勿論《もちろん》、あの悠長《ゆうちょう》な山崎も焦っていた。これ以上変事が起きれば隊の存続自体が危うくなる。平素は政《まつりごと》に興味のない隊士も、不穏な様子は感じ取っている。隊を脱走する隊士が増え、隊はますます混乱に陥った。土方の命で彼らはすぐに捕えられたが、これ以上増えては追いきれぬ。

（皆の心が隊から離れる前に何とかせねば）

焦りと緊張に押し潰されそうになった頃、御陵衛士に加入したはずの斎藤一《さいとうはじめ》が新選組に戻り、伊東が近藤局長を斬ると明言した――斎藤はそう述べた。やはりと魁は得心したが、山崎は信じられへんと言った。山崎の甘さに、魁はまた軽蔑の念を抱き、嫉妬した。

その嫉妬など、たちまち雲散《うんさん》した。伊東は新選組を裏切った。彼に従った藤堂たちも、伊東と同じ裏切り者だ。だが、かつては仲間だった。同じ釜の飯を食い、道場で手合わせして、酒を酌み交わし、夢を語り合った。それぞれに浅からぬ縁がある。裏切られても、共に過ごした思い出は消えない。

唇を噛みしめた魁は、藤堂の脇に手を差し入れ、ずるりと引きずった。物のように藤堂を扱うのを見て、原田は怒鳴った。永倉がそれを抑える。未だ顔色は蒼白だが、すでにいつもの落ち着きを取り戻しているようにも見えた。魁は藤堂の亡骸《なきがら》を道の端に寄せ、周囲を見回した。沈痛な面持ちの者は多いが、普段通りの者もいる。伊東たちが分隊した後に新選組に加わった者たちだ。彼らにとって今宵は、常と変わらぬ夜だろう。

(俺もそうあるべきだ。俺は新選組の監察だ)

内心頷いた魁は、見るも無残な姿で転がっている服部の許へと歩きだした。

伊東たちの死からおよそひと月後、新選組は伏見《ふしみ》奉行所にいた。これから戦がはじまる——そのために、皆は駆りだされたのだ。

「結局あのでかい屯所には、一年もいなかったわけか。間借りしていたお西さんに別れを告げて、不動堂《ふどうどう》村に移ったばかりだというのに、ついてねえなあ」

「正確には、半年だ」

「細かいねえ」と斎藤をからかうように笑った原田を、魁は少し離れた場所から眺めた。

(ようやくいつもの調子に戻ったか)

原田は無神経で図太そうに見えるが、その実繊細だ。藤堂たちの死を一番に哀しみ、あの夜のことを未だに引きずっている。

「相変わらず煩《うるさ》いな。ほんま緊張感がないわ」

魁の視線の先にいる原田を見て、山崎はぶつぶつ言った。山崎は原田が気に食わぬらしく、こうしてよく文句を言う。流石に面と向かってはしないが、態度があからさまなので、原田当人も気づいていると魁は踏んでいた。

「知らぬは当人ばかりだ」

「そらそやろ。自分が煩いて知ってたら、ちょっとは大人しくするわ」

見当違いな返事をした山崎に、魁は眉尻を下げて頷いた。相変わらず、山崎はずれている。そのずれに苛立つこともあったが、今はそれに触れるたびに魁はほっとした。どこまでも通じ合わぬ相手だからこそ、共にいると気を張らずに済んでいるのだろう。

(あの時も俺はこいつに救われた)

不動堂村の屯所を引き払う前々日、魁はさとの許に帰った。別れを惜しむはずだったが、さとは昨年生まれた子の世話で忙しく、相手をしてくれなかった。さとの代わりに子を抱こうとしたところ、我が子は「嫌や」と大泣きした。

――あんたがここにいても何の役にも立たん。はよ戻り。

顔を真っ赤にして怒ったさとに、魁は何も言い返せなかった。妻の言い付け通り屯所に戻ると、そこには山崎がいた。『仕事しか能がないんやからさっさと帰営しい』て言われたわ」と嘆く山崎に、魁は「ご同様さ」と頷いた。ここしか居場所がないのは俺だけではない――そう思えたのは、山崎のおかげだ。

「いつ動くんか分からへんのやから、気を引き締めてくれな困るわ」

そう言って鼻を鳴らした山崎に、魁はハッと我に返った。戦は間近に迫っている。開戦の火蓋が切られるのは、明日かもしれぬし、今日かもしれぬ。

しかし、敵は思わぬところから現れた。

「近藤局長……！」

魁は叫んだ。その日、魁は登城する近藤に随行していた。供は魁以外に三名。

――もう少し供をつけた方がいい。

伏見を発つ前に、眉を顰めて言ったのは土方だった。歳《とし》は心配性だなと近藤は苦笑して取り合わなかったが、土方が心配するのはもっともだった。二日前、隊内で間者が処罰された。小林《こばやし》というその間者は、御陵衛士たちと密かに繋がり、新選組の様々な事情を流した。伊東や仲間を殺された御陵衛士たちの残党は、報復の機を狙っていたのだろう。

（あの時、俺が副長の言うことに味方しておけば……）

二条城《にじょう》から伏見へ馬で移動している最中、近藤が撃たれた。血がふきだした右肩を押さえる近藤を見て、魁たちは悲鳴を上げた。それと同時に、物陰から姿を現したのは、内海次郎《うつみじろう》をはじめとする御陵衛士の残党だった。

「伊東先生の敵討ちだ――近藤を殺せ」

敵の叫び声が響いた瞬間、魁はとっさに刀を鞘《さや》ごと抜き、それで目の前にいる馬の尻を思いきり叩いた。高い嘶《いなな》きを上げた馬は、前脚を高く上げて、にわかに駆けだした。

手綱《たづな》をしっかり握れ――魁の怒鳴り声が届いたのか、近藤は振り落とされることなく、馬に乗って駆けた。その直後、近藤の小者が斬られ、魁は刀を抜いた。しばし斬り結んだものの、御陵衛士の残党たちは示し合わせたかのように一斉に駆けだした。

「逃がすか」と唸り声を出した魁は、彼らを追いかけようとした。しかし、仲間に制され、踏みとどまった。

「敵を追うよりも、局長をお助けしなければ」

舌打ちした魁は、馬の腹を蹴って駆けだした。近藤の後を追うのは容易だった。彼が通った道には、赤い血が点々と残っていた。

近藤は無事だった。魁たちが着く少し前に伏見奉行所に飛び込んできたという。留守組に話を聞いた魁は、近藤の許へと向かった。

「治療中や。出て行き」

部屋に入って早々怒鳴ったのは、山崎だった。医術の心得があるため、近藤の応急処置を任されたらしい。山崎らしからぬ剣幕に、近藤の怪我のひどさを知った魁は、慌てて退室しようとした。それを、近藤が止めた。

「お前のおかげで助かった」

ここにいてくれと言って、近藤は相好を崩した。豪快に洟《はな》を啜《すす》った魁は、その時己が大泣きしていることに気づいた。

近藤の許を辞去した後、魁は土方に報告しに行った。なるべく冷静に話したが、腸《はらわた》は煮えくり返っていた。それをさらに助長したのが、土方から聞いた一言だった。

「御陵衛士の残党が近藤の妾宅《しょうたく》を襲った」

近藤の妾宅には、病で戦線離脱した沖田総司《おきたそうじ》が休んでいた。沖田は近藤の懐刀だ。沖田の下についたことがある魁も、彼を慕っていた。畳を蹴って立ち上がった魁は、近藤の居室に沖田がいたことを思いだして固まった。

「御陵衛士が踏み込む少し前に、沖田は近藤の妾宅を出た。一人は寂しいと我儘《わがまま》を言って、こっちに来やがったのさ」

鼻を鳴らして述べた土方は、珍しくほっとしたような表情を浮かべた。魁は安堵の息を吐き、頭を下げて部屋を出ようとした。

「近藤を救ってくれて礼を言う」

土方の真摯な声音に、魁は動きを止めた。だが、それは一瞬で、再び礼をして退室した。

（鬼の副長に礼を言われるなど、俺がはじめてかもしれん）

廊下を歩きながら、魁は笑った。真冬にもかかわらず、身体中が熱い。どんどん熱が上がっていくような気がした。腹の底から湧き上がるその熱は、怒りに他ならなかった。

間者はもう一人いる——小林が残していた書状によりその事実が発覚したのは、近藤が襲われた翌日だった。すぐさま捕まえる手筈《てはず》になったが、異変を察したその間者は、魁たちが部屋に踏み込む寸前に逃げだした。

「必ず松田《まつだ》を捕まえろ。決して逃がすな」

怒声に追われながら、松田は脇目も振らずに逃げた。想像よりも足が速かったため、俊足の山崎くらいしか付いていけなかった。

「後は山崎さんに任せましょう。俺たちは応援を呼びに戻って——」

監察仲間の発言を無視して、魁は松田を追った。途中でひとたび見失ったが、諦《あきら》めなかった。昨日から、魁はずっと熱に浮かされていた。それは身体中を鎧《よろい》のように覆《おお》い尽くし、離れようとしなかった。常以上に身体が重たい。異様な熱さに、眩暈がした。

諦めろ——そんな空耳が聞こえた頃、魁は汗だくで路地を歩いていた。山崎三人分くらいの重さがあるのだ。それで市中を走り回るのだから、足腰も心の臓も悪くなる。

諦めろ。諦めろ。諦めろ——三度続けて響いた声音に頷きかけた時だ。目の前に、松田が現れた。悲鳴を上げた松田は、慌てて踵《きびす》を返し走りだそうとした。魁は松田の腕を摑み、凄《すさ》まじい力で引っ張った。引き倒された松田を仰向けに転がし、その上に跨がるようにして座り込んだ。苦しそうな呻《うめ》き声を無視して、魁は腕を伸ばす。魁の大きな手が、松田の首にかかった。

魁が手に力を込めるにつれ、松田はくぐもった呻きを漏らした。涙がこぼれ落ち、鼻水と涎《よだれ》も流れた。口の端から泡が出た時、魁はとんでもないことをしでかしたと青《あお》褪《ざ》めた。だが、手は止められず、ますます男の首をきつく絞めた。

ぽきっと何かが折れる音がした。剛腕の魁でも、人の首を折れるほどの力はない。骨が折れたのではないなら、何の音なのか。

命が壊れた音かと得心した魁は、見るなと呟いた。松田の虚《うつ》ろな目はもう何も映していない。魁を見ているのは、少し離れた場所にいる猫だった。

(闇のように真っ黒だ)

黄色の虹彩に縁どられた目の玉が、魁をじっと見ている。いつの間にか見つめ返していた魁は、男から手を離し、腰を上げた。

魁はゆっくりと猫に近づいた。猫は人馴れしているのか、逃げなかった。目の前に立つと、猫はなあうと甘えた声音で鳴いた。屈み込んだ魁は、腕を伸ばした。魁の大きな両の手が、猫の首を包み込む。

見るな、と魁は唇を震わせて言った。

「見るな……見るな……！」

ずっと隠してきた己の醜さを、暴き立てないでくれ――心の底からの悲鳴が響いた。

＊

魁は昔、人を縊《くび》り殺した。武士の矜持《きょうじ》に反する卑劣な行為だ。近藤を苦しめた相手を地獄に落としてやりたかった魁は、あの時胸がすく思いがした。近藤のために働けたと喜びもしたが、それは一瞬だった。猫の無垢《むく》な視線を認めた時、魁は気づいた。

一生知りたくなかった汚れた真性に――。

見るなと魁は戦慄《おのの》きながら言った。

「俺を見るな……やめてくれ……」

まことの己をその瞳に映すな――あの時のように心の中で叫びながら、魁は猫の首に手をかけた。猫は身動《みじろ》ぎ一つしない。じきに、あの嫌な音が響くのだろう。命が壊れるあの音が――。

――ごめんな。

聞こえたのは、優しい声音だった。

＊

近藤が肩を負傷した日から一年と半年――土方が蝦夷《えぞ》の地で散った。前年に死んだ近藤の許に行ったのだろうと魁は思った。魁は土方に付き従い、彼の地で戦っていた。土方の死を聞き、魁も後を追おうとした。最後まで戦い抜く――そう決めたが、旧幕府軍は降伏した。敵軍に身柄を拘束された後、魁は名古屋《なごや》藩に引き取られ、謹慎となった。命までは取られぬらしいと分かって、残念な気持ちと安堵する気持ちの両方が浮かんだ。

(俺が生きていても誰も喜ばぬというのに)

仲間は皆捕えられた。親兄弟は皆死んだ。親しくしていた友はもういない。妻子は京に置いてきた。いつの間にか、魁はすべてを失っていた。

(いや……元より持っていなかったのだろう)

感傷的になり、苦笑を漏らした日のことだった。客だ――その言葉に魁は首を傾げた。

（俺に会いにきてくれる奴などいたかね）

不思議に思いつつも、客人に会いにいった。

「……幻か」

何言うてんのと頰を膨らませて言ったのは、魁の目の前に座した小柄な女だった。幼子を抱いている。魁と目が合い照れたように笑ったその子は、久方振りに見る我が子だった。

「小さな子つれてはるばる会いに来たんにそない難しい顔して……また変なこと考えてるんやろ」

くすりと笑ったさとは、魁が膝の上で握っていた手に、小さな手を伸ばして言った。

「魁はんは昔からそうや……はじめはそれに気づかんと、あんたのこと考えなしの阿《あ》呆《ほ》やと思うた。話聞かんし、他人の気持ちなんや汲《く》まへん鈍いお人やて……京を離れる時もそうやった。はよ戻り言うたのは、あんたがそうしたいと思うてるのが分かったからや。断腸の思いで追い返したのに、魁はんはあたしがあんたを邪魔や思うてると勘違いしたんやろ。ほんまに鈍いお人や。せやけど、そうやないな……あんたはあたしが適当に言うたことにもあない懸命になるし、嘘や言うたらえらい落ち込んだ。

あん時のあんた、ほんま死にそうな顔しはったから、えらい驚いた」

ごめんな、とさとは詫びた。いつの間にか耳に馴染《なじ》んだ優しい声音だった。

「あん時の魁はんの顔、忘れられへん……あんた、あん時以外いつも笑《わろ》てたやろ。それが当たり前になって気づかへんかったんや。その笑顔がいつも見られるわけやないってことに……あんたがいつもそばにいてくれるて勝手に思い込んでたんや。阿呆はあたしやった」

「おさとは阿呆などではない。お前は良い女だ。俺には勿体ないくらいの――」

魁は目を見開き、言葉を止めた。さとは涙をこぼし、眉尻を下げて笑った。腕の中にいる幼子の頬に、ぽろぽろと雫《しずく》が落ちた。

「魁はんが無事で良かった。早《はよ》う帰ってきて。あんたがおらへんと寂しくて仕方ないんや」

魁が浮かべた泣きそうな表情を見て、さとは「変な顔」とますます笑った。

「ここに来るまでずっと考えてたんや。魁はんはきっと難しい顔してまた変なこと考えてるやろて……思うた通りや。あんたは何も考えず笑うてる方が似合《にお》うてる。魁はんは放っておくと、どこまでも沈んでまうやろ。せやから、あたしがいいひんと駄目なんや。これからはずっとそばにおるから、笑うてや」

魁の手を離したさとは、二人を包み込むように抱きしめた。肩と背、それに腕の中の温もりに、魁はようやく悪い夢から覚めたような心地になった。

「おさと……おさと……」

何度も名を呼んだ。そのたびにさとは、はい、はい、と忍び笑いをして答えた。

翌年、さとはまた子を生んだ。魁に会いにきた地で孕《はら》んだ子だった。

「何と愛らしい赤子だ。おさとにそっくりだ」

「こない大きいんは、魁さんに似たからや」

赤子を抱き幸せそうに言ったさとと、嬉しそうに笑う長子を、魁は太く逞しい腕でそっと抱きしめた。その後、二人の間にさらに四人の子が生まれたが、長男と長女、それに三男は病で早世した。

「あたしのせいや……魁さんはこない力強うて立派やもの。あたしに似たせいや」

子が生まれた時と反対のことを言って、さとは己を責めた。腕の中に子はいない。

魁はさとを力強く抱きしめ、泣き喚《わめ》いた。

「大きな赤子やな……」

泣き笑いを浮かべて言ったさとは、魁の頭をそれこそ赤子にするように柔らかく撫でた。

＊

人生の中で起きた幸不幸が頭の中を駆け巡り、魁はよろけた。その時、はらりと懐から紙が落ちた。そこに書かれている文言を見た魁は、猫の身から手を引いた。魁は維新後土方の生家を訪ねて、戒名《かいみょう》を訊ねた。それを忘れぬように紙に書き、ずっと胸元に入れていた。

――お前の奥方はいいな。お前に心底惚れている目をしていたよ。

箱館《はこだて》総攻撃の前、景気づけに酒を酌み交わしていた時、土方は言った。その通り、島田は果報者だと同意してくれた仲間の優しさに、胸がいっぱいになった。土方がさとと面識がないことを知ったのは、彼が死んだ後だった。

「俺の夢は、好いた女と一緒になって、自分の家族を作ることなんだ」

魁は俯き、ぽつりと言った。さとや子どもたちの笑顔が蘇ると同時に、ここで共に暮らした仲間たちの姿が浮かんだ。

「……随分と大家族を作ったものだ」

くすりと笑った時、投げだしていた手に、ざらりとした感触がした。顔を上げて見ると、己の手を舐める黒猫の姿があった。魁はもう片方の手で、ごわごわとした毛並みの黒猫を丹念に撫でた。

「うちに来るか？　おさとが待ってる」

魁の言に応えるように、猫は優しく鳴いた。

私にとって、猫は日々の癒しです。
近所の皆で世話をしている地域猫たちは、
愛想の良い子もそうでない子もいますが、皆とにかく可愛い。
何をしても可愛い……。方々でそう語っていたところ、
こうして猫を題材にした小説企画に誘っていただく機会が
多くなりました。物語の中でなら人を殺すのもまるで
厭《いと》わぬ私ですが、猫を傷つけることにはどうしても
躊躇《ためら》いを覚えてしまいます。
どの世界でも、猫には幸せでいて欲しいものです。

小松エメル（こまつ・えめる）
一九八四年東京都生まれ。二〇〇八年、『一鬼夜行』で「ジャイブ小説大賞」大賞を受賞しデビュー。著書に『夢追い月』をはじめとする「蘭学塾幻幽堂青春記」シリーズ、『うわん　七つまでは神のうち』をはじめとする「うわん」シリーズ、『梟の月』『銀座ともしび探偵社』『夢の燈《ほ》影《かげ》　新選組無名録』『総司の夢』『歳三の剣』などがある。

夜廻り猫

深谷かほる

第二十六話　家族

（第一巻より）

第百四十話　これしか

（第二巻より）

第百八十一話　**ひんむす**

夜廻り猫 ⑱

泣く子はいねが〜

涙の匂い…！

むっ

おまいさん　泣いておるな？　心で

どうしたわけを話してみなさらんか

……

でも料理出来ないしお金もあんまり

そうですなあ　人間は温かい料理を作ってもらうと元気が出るそうだ

カレーと暮らしてるんだけど……

私料理出来なくて……　一緒に食べる時は交代で当番だから

カレーは焼きそばとか作ってくれるけど　私はいつもお弁当買ってたんだ…

米はありますか？

あと出来れば発泡酒

揚げ玉とみつ葉とめんつゆを買いなされ

二人のにっこりチャンスですぞ

出汁丸、大様も

カレーこないだ友達んち遊びに行って帰って来て

……うちの台所はキレイだな

① 揚げ玉にめんつゆしみ込ませて

② 刻んだみつ葉と炊きたてご飯を混ぜて

③ ラップで握るだけ

どぼっ

……使わないもんな

笑ってなかった……

ただいま　いい匂い？

安い天むす？

「貧むす」です

第二百三十四話　知らぬ街でも

夜廻り猫
234
泣く子はいねが〜
むっ
こらえている涙の匂い…！
あ
急須買おうかな
ちょっと待ってね 蓋が合うか確かめますから
ん 大丈夫
急須の蓋ってピッタリ合う物じゃないんですよ
コトコト
そうなんですか
焼き物だから！すこーしずつ形が変わるの
よーく見るとわかるでしょ 同じ円じゃないの
あー！
ホントだ
マグカップもそう！円の焼き物はよく見ると全部違うんですよ
へえー
あ 俺 笑ってる
東京に来て初めて誰かと喋れた
もし そこなおまいさん
知らぬ街でも
①落ち着く場所 ②落ち着く人 ③食べ物 3つのうち2つ見つければやっていけるそうです
そうなんだ……
大丈夫 自分から声をかけてみなされ へこたれずにな
俺の部屋来る？米と玉子しかないけど
玉子かけ飯だいすきです!!

（第三巻より）

第二百八十話　今日は まだある

（第三巻より）

第三百二十六話　**泣き声**

（第四巻より）

第三百三十三話　ほんとの気持ち

（第四巻より）

第四百一話　悲しくない

(第五巻より)

第五百四十一話　ぼろぼろ

（Webコミックサイト　モアイより）

第五百五十三話　**半分こ**

涙の匂い……！

むっ

もし そこなおまいさん 泣いておるかな？ 心で

どうなさった

……！

あのお二人 私と同年代ね

一つのケーキを分け合ってらっしゃるの……

穏やかねえ 見てたら

なんだか涙が出ちゃった

おまいさんは……

独身

私はそれでいいんだけどね

私は 親にも 結婚した夫にも 殴られたの

だから決めた 一人で生きるって 自分だけは 自分を殴らないって

でも思えば いつも働くだけで 糖一杯

誰かをお茶に誘ったこともなかった……

……あの

あのね

よかったら

ケーキ 分け合って食べない？

喜んで！

（Webコミックサイト モアイより）

人には言わない思い、誰にも見せない涙。
たぶん多くの人が、大なり小なり、
そういう秘密を持っていると思います。
もし、そっと人の心に入り込める猫がいたら。
人の、心に秘めた大切な思いを聞くことが出来るんじゃないか。
そしてそれは、もしかしたら、いろんな人の水面下の頑張りを
いたわり、誇ることが出来るんじゃないか。
そしてもしかしたら、懸命になんとか生きている我々を、
ほんの少しでも慰め、励ますことが出来るかもしれない——。
そんな風に夢見て、
私は『夜廻り猫』を描いています。
落ち込むことがあったら、
寂しい時があったら、
そして、人は皆いずれ死ぬのだと
愕然としたら、
読んでみて下さい。
解決は無いけれど私は仲間です。

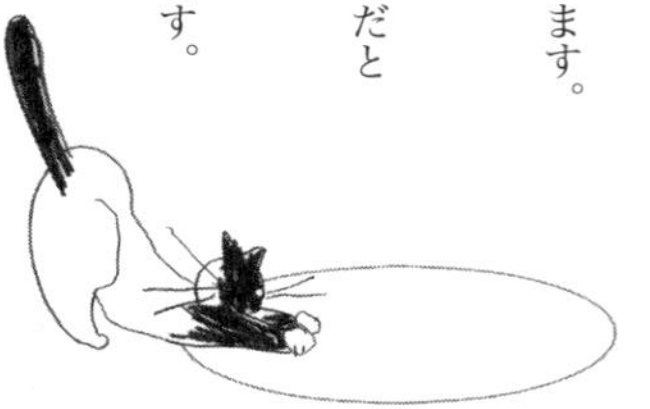

深谷かほる（ふかや・かおる）

二〇一五年一〇月、Twitterにて『夜廻り猫』の連載を開始。以後、毎夜のように更新を続け、読者の共感を得る。同作で、二〇一七年手塚治虫文化賞短編賞を受賞。本書掲載の作品は、『夜廻り猫』（既刊6巻、Webコミックサイト「モアイ」にて連載中）からの抜粋である。代表作に『ハガネの女』『カンナさーん！』『エデンの東北』などがある。

まりも日記

真梨幸子

◆腐乱死体になるその前に◆10／07／11up

気がつけば、2010年。つまり、21世紀になって10年。作家デビューして4年。

……そして、エアコンが壊れて、3年。今年も、冷房なしの夏がやってきた。

慣れとは偉大なもので、あんなに暑がりだった私も、32度ぐらいまでなら扇風機もいらない体になった。「私はみごと、暑さを征服したわ」などといい気になっていたのだが、その油断がいけなかった。

先日、〝熱中症〟というものになってしまった。それは、お風呂上がり。

とにかく、思考が定まらず、視界もぐらぐら。いつもの貧血かと思っていたのだが、お風呂のドアを開けたとたん、意識が鼻から抜け、そのまま失神してしまった。

「あ、死ぬな」と。そして、しばしの暗転。

気がつくと、私は天井近くにいて、ブザマな自身の姿を見下ろしていた。素っ裸で大の字でぶっ倒れている間抜けな中年女。

「あら、いやだ、みっともない。せめて下着をつけないと」そう思った瞬間、意識がすぅぅと体に吸い込まれ、目を覚ましたのだった。そのあと下着だけをつけて、再び暗転。

「あ、でも、このまま死んだら、この季節、腐乱死体になって、ご近所に迷惑だわ」と、もう一度目覚めた私は、匍匐《ほふく》前進で冷蔵庫まで行き、冷たい麦茶を一気飲み、そのあと胃の中のものを全部吐き出すと、パンツ一枚でフローリング床に倒れこんだ。

幸い、翌朝、（ゲロまみれの中）いつものように目覚めたわけだが、一歩間違っていたら、間違いなく死んでいたな……と。ここで、はじめて、一人暮らしの恐ろしさを実感したのだった。

今、私が死んだら、発見されるまでにかなりの時間を要するのは明らかだ。たぶん、腐敗臭がしてご近所さんが騒ぎ出し、それでようやく発見されるんだろう。それではあまりに申し訳ないので、せめて、腐乱死体になる前に発見されてほしいと思い、生存確認用に、日記もどきなブログをはじめることにした。

私の知人・友人、そして仕事関係の人がここをのぞきに来ていることを信じて。

◆夏は乗り切れそう◆10／07／20ｕｐ

３ヵ月契約の派遣仕事（出稼ぎ）が決まった。データ入力の仕事で、データ入力はあまり得意ではないが、夏は乗り切れそうだ。日中は涼しいオフィスの中。問題は熱帯夜だが、経験からいえば、ひどいのは数日だろう。それに、33度ぐらいまでならなんとかなる体に仕上げている。

よし、今年の夏も頑張って乗り切ろう！

……と拳《こぶし》は上げてみたが、ちょっと虚《むな》しい。なにしろ、このブログの訪問者は、一日平均二人。つまり、私と、通りすがりの誰か。つまりつまり、……誰にも見られてないということだ。生存確認のためにはじめたというのに。……まあ、仕方ない。これが世の中。せっかくなので、誰も見ていない独り言ブログをまったりと続けたいと思う。

◆犬との暮らしを夢見て◆10／08／09ｕｐ

今のところ、今年の夏はそんなに暑くない。今日なんて、30度いかなかった。おかげで、なんとか生きている。

さて、心が捻《ね》じ曲がっている私は、世間で「泣ける」とか「感動的」とかいわれる作品で、泣いたためしがない。我ながら冷たい人間だと思うのだが、それでも、「号泣」した作品が少なからずある。

「フランダースの犬」「ハチ公物語」「名犬ラッシー」。

要するに、「犬」の話に弱いのだ。特に大型犬。散歩をしているのを見かけるだけで、涙ぐむ私だ。

だから、動物を飼うことがあったら、無論、犬だ。

ある占いによると、犬は私にとってラッキーアイテム。いつかは飼いたいと思っているが、今の経済状態では、とてもとても。でも、60歳ぐらいまでには飼いたい。そして、犬がその生涯を終えた1年後ぐらいに私の寿命もつきる（80～81歳ぐらい）。そして一緒の墓に入って……なんていう妄想をしている。

◆これは、ヤバい◆10／08／16ｕｐ
やはり、夏だ。夏を甘く見ていた。今日の最高気温は37・7度。ほぼ38度で、人間の体だったら病院に行かなくてはならないぐらいの高温だ。日中は幸いなことに仕事（出稼ぎ）だったからどうにか暑さをしのげたが、夜がヤバい。今まさに、ヤバい。

……頭痛がひどくて、思考も定まらない。ヤバい、これはヤバい……。

◆現実は、いつでも番狂わせ◆10／10／23ｕｐ
前の日記から、だいぶ、間が空いた。

悟《さと》ったのだ。ブログなんか更新しても、何の助けにもならないと。

結局、あの夏の夜、私はパソコンを覆《おお》うように倒れた。最後の力を振り絞り、デスク横にあった固定電話の子機を手繰《たぐ》り寄せ、自力で救急車を呼ぼうとした。そのとき、ハッと思い出したのだ。

保険証がない。

無論、保険証がなくとも救急車はやってくるだろうし、適当な病院に運んでくれるだろう。が、そのあとがヤバいのだ。保険証がなければ自費になる。そして多分、保険証を作ることを勧められるだろう。それがヤバいのだ。なんやかんやと5年ぐらい、保険証は持っていないからだ。5年前、正社員をしていた会社を辞めたとき、国民健康保険の手続きをしなかった。だって、すぐに次の仕事が見つかると思ったから。それに、病気もせず、保険証のお世話になることもなかったから。が、次の仕事は見つからず、短期の派遣とアルバイトで食いつないでいるうちに、5年が過ぎてしまった。もっとも、この5年の間に私は小説家デビューを果たし、さあこれで晴れて保険料を払えるぞ……と国民健康保険に加入しようと思ったこともあった。ところが、小説はまったく売れず、デビュー年の小説の収入は60万円ちょっと。翌年は40万円、その翌年は……。保険料なんて払っている場合ではなかった。そうして、5年が過ぎたのだった。

今更保険証を作ったとしたら、相当ヤバい。5年分取られてしまう。ざっと計算してみたことがある。……5年で133,323×5＝666,615。もちろん、それだけでは終わらない。サラ金の金利より高いと言われる延滞金がつくのだ。延滞金の利率が年14・6％。延滞金だけで約50万円!?　聞いた話だと、国民健康保険の取り立てはサラ金以上らしい。いわゆる強制執行という権力を振りかざし、財産を差し押さえるのだという。

……考えただけで、胃に激痛が走る。

なら、このまま死んだほうが、いっそマシなんじゃないか？　……そう考え直して、救急車は呼ばずにおいた。

思い残すことはない。この世に未練などない。子供もいなければそもそも伴侶もいない。守るべきものがないということは、なんて自由なのだろうか。死にたいときに死ねるじゃないか。思えば、そんなに悪い人生でもなかった。まったく売れないが、小説家としてデビューすることもできたし、大きな不幸に見舞われることもなかった。私にしては過分な人生だ。

……アデュー、私の人生。

が、私の体はかなり頑丈に出来ているようだ。翌日には、ゲロまみれの中、ちゃんと目が覚めた。そして、仕事（出稼ぎ）にも出かけた。

前置きが長くなった。

今日、久しぶりにブログをアップしようと思ったのは、私の人生にとって大事件が起きたからだ。

前に、「飼うなら犬だな」と記した。が、どういうわけか、猫を飼うことになったのだ。

まあ、あれだ。「結婚するなら、こうでああでこんな人と……」と常日頃言っていた娘が、それとは正反対の男とデキ婚……というやつだ。

◆二人のおばさん◆10／10／24ｕｐ
言い訳ではないが、私は、動物を飼うことに関してはかなりの慎重さを発揮してきたつもりである。

衝動的に飼ってはいけない、そのときの感情に流されて無責任に飼ってはいけない……と、数々の誘惑を蹴散らしてきたつもりだ。

というのも、私には衝動的かつ無責任かつ無計画な叔母がいる。母の妹にあたる。

水商売をしている叔母は、まるでアクセサリーを買うようにペットを飼っていた。しかも彼女の部屋に遊びに行くたびに、ペットは変わっていたのだ。熱帯魚、インコ、つがいの文鳥、うさぎ、そして犬。同時に飼っているわけではない。なら、それまで飼っていたペットは？　……恐ろしくて、私はそれを問うことはできなかった。

そう、私はこの叔母が怖くて苦手で、そして嫌いだった。叔母は、ペットだけでなく、自分の子供（私のいとこ）まで捨ててしまうような人だった。……捨てたというか、夫の実家に子供を押し付けて離婚したのだ。……まあ、親戚は皆「捨てた」と言っているから、それで間違いないのだろう。

とにかく、子供を捨てるだけあって、何事にも無責任で無計画で熱しやすく冷めやすくて、そして衝動的な人だった。ただ、上機嫌なときは大盤振る舞いがはじまるので、私はそのときを狙って、叔母の部屋を訪問したものだ。運がいいと1万円の小遣いがもらえた。もっとも、そんな幸運は一度だけだったが。

が、タイミングを間違えると、とんだとばっちりを食らう。その日も、「機嫌がいいみたいよ」という母の言葉を信じて部屋を訪ねたのだが。……叔母はすこぶる機嫌が悪く、チーちゃんを足蹴《あしげ》にしていた。

チーちゃんというのはそのとき叔母が飼っていたシーズー犬だ。馴染《なじ》みの客に買ってもらったというメスのシーズーで、叔母の寵愛《ちょうあい》ぶりはクレイジーそのものだった。高価な服を日替わりで着せ、犬専門のサロンに毎日のようにタクシーで通い、ブラッシングだシャンプーだトリミングだと、大はしゃぎしていた。が、1年も経つと服はヨレヨレのボロボロ、毛は伸びっぱなしでまるでモップのようだった。……そう、叔母は、明らかにチーちゃんに飽きていた。餌をあげるのも面倒くさいようで、ドッグフードのストックも見当たらない。かわいそうなチーちゃんは部屋の隅で体を丸め、おもちゃのボールをひたすらかじっている。そのそばには、排泄物《はいせつぶつ》。

「ちょっと、あんた、この子を横浜に連れて行って」

その日、私はそんなことを叔母に命令された。

横浜には伯母がいる。母の姉にあたる人で、堅実に専業主婦をしている。叔母とは正反対の性格の人で、子供の私から見ても立派な大人だった。私は、心の中で「良いほうのおばさん」と呼んでいた。ちなみに、叔母は「悪いほうのおばさん」。姉妹なのに、光と影のような二人だった。この二人は仲が悪く、だからこの日も、叔母は私を利用したのだ。

「あんた、姉さんに可愛がられているからさ、あんたが行けば、姉さんだって無下《むげ》にしないだろうから。チーを、姉さんのところに連れて行ってよ」

つまり叔母は、自分の姉にチーちゃんを押し付けようというのだ。

なんて人なんだろう？　だったら、初めから飼わなきゃいいのに。

とてつもない嫌悪感を覚えた。

長くなったが、私がこの歳になってもなかなかペットが飼えなかったのは、この「悪いほうのおばさん」の影響だ。

なにしろ、私には、あの「悪いほうのおばさん」と同じ血が何分の一かは流れているのだ。あの人と同じ轍《てつ》を踏むかもしれない。

が、その一方で、私には「良いほうのおばさん」と同じ血も流れている。

「良いほうのおばさん」は、押し付けられたチーちゃんを子供のように可愛がり、チーちゃんの寿命がくるまで愛情を注いだ。その間に、夫婦別居、離婚、自身の病気など数々の不幸に見舞われたが、チーちゃんを最期まで手放すことはなかった。

だから、きっと、私にもできるはず。……ペットを家族として、最期まで愛せるはず。

そう自分に言い聞かせながら、私は、猫を飼うことを決心したのだ。

◆人はそれを「運命」と呼ぶ◆10／10／26up
猫を飼うことになった……ということは、先日の日記で書いたが。

なぜ、そんなことになったのかは、まだ言及していなかったことを思い出した。

小説家としてデビューして早4年。が、その内容がマニアックすぎるせいなのか、時流に乗ってないせいなのか、そもそも面白くないからなのか、さっぱり売れず。デビュー当時、「まさに、大型新人。10年に一人の逸材です！」「これは、話題になりますよ。すぐに売れっ子作家の仲間入りですよ」なんて甘い言葉で私をメロメロにした人たちはもう私の周囲にはいない。2ちゃんねるでも話題になることはなく、悪口さえ見かけない。一度スレッドが立つも、1週間もしないうちにdat《ダット》落ち。

そんなこんなで、去年はノベルスが1冊発売されたのみ。初版4000部。印税は消費税込み約35万円。エッセイの仕事すらなかったから、去年の本業の収入は約35万円となる。確定申告のときに、税務署の人に「これで、暮らしていけるんですか？」と心配されるほどの、雀の涙の収入。

もちろん、それでは暮らせない。

だから、仕方なく、アルバイトやら派遣社員やらをしている。

今は、某ターミナル駅南口にほど近い雑居ビルのオフィスで、データ入力の仕事をしている。仕事自体は苦ではないのだが、人間関係がいちいち面倒臭い。だから、昼休憩はなるべく、外で過ごすようにしている。

その日、あまりに天気がよかったので駅前にあるSデパートの屋上に行ってみる気になった。

人だかりができていた。

屋上の一角にあるペットショップだ。

なになに？　と、覗いてみると、ガラス越しに、子猫が数匹放たれていた。

「うっわ、なにこれ、ヤバっ」

子猫の可愛さは強烈だ。特に猫好きではない私だったが、つい、釘付《くぎづ》けになる。

猫は、4匹いた。今流行りの耳が折れているスコティッシュフォールド1匹、縞模様が美しいアメリカンショートヘア2匹、キラキラとした毛並みのペルシャ1匹。どれも、鼻血が出るほど可愛らしい。つい、衝動的に購入してしまいたくなるほどに。

……が、その値段は、どんな衝動が走ったとしても、到底、私の手の届くような値段ではなかった。ガラスの下に貼られている価格表には、「スコティッシュフォールド♂25万円、アメリカンショートヘア♀20万円・♂18万円、ペルシャ♀30万円」とある。

つまり、私のような貧乏人はお呼びでない……ということなのだ。

が、価格表にはよくよく見ると、「ブリティッシュショートヘア♀6万円」という文字も見えた。……6万円でも私にとっては高額だが、それにしたって、他の子猫の値段からすると、えらい安い。

……って、ブリティッシュショートヘアって、何？　というか、どこにいる？

うん？

なにやら、奥の方で黒っぽい何かが見える。

はじめは、毛布か何かだと思った。でも、よく見ると。

「うわっ」動いた！

それは、他の子猫の3倍はあるような巨大な猫だった。毛布だと思ったのは、その毛並み。ビロードのような深い灰色だ。

価格表をよくよく見ると、生年月日も記されていた。他の子猫が生後2ヵ月から3ヵ月なのに対して、「ブリティッシュショートヘア」だけが生後8ヵ月。

……8ヵ月。猫の年齢はよく分からないが、でも、もうほとんど大人なんじゃ？　なるほど、だからこんなに価格が下がってしまったのか？　などと考えていると、他の子猫たちがちびっ子ギャングよろしく、その灰色の猫に集まってきた。

「よーよー、そこのでかいの」「あんた、いつまでここにいるわけ？」「君がここにいると、邪魔で仕方ないんだよね。それに、君のせいで、なんかここの雰囲気が暗くなるんだよ。僕たちの価値まで落ちちゃうよ」「ホント、営業妨害」「この売れ残りが！」

とばかりに、子猫たちが集団で、灰色の猫に飛びかかっていく。

「やめてください、お願いです！　あたくしのことは放っておいてください！」

と言わんばかりに、灰色の猫が必死に抗《あらが》う。が、もちろん子猫たちはやめない。

「やーい、やーい、売れ残り！」「大飯食らいのろくでなし！」「お前のかーさんデベソ！」

「本当にやめてください！　あたくしには関わらないで！　あっちに行ってくださ

い！　あっちに！」

あ。目が合ってしまった。

胸が、ズキンと痛む。

が、灰色の猫はとっさに目を背けると、

「いえいえ、いいんです。あなたに助けを請うようなことはいたしません。あなたださって、辛いお立場なんでしょう？　見れば分かります。……だって、髪はパサパサで、顔はすっぴん。服は見事なファストファッションでしかも時代遅れのデザイン、さらに毛玉だらけ。薄汚れたスニーカーに、タイツは伝線しているときている。まるで、法廷に立つ被告人のような出で立ちではありませんか。お見受けしたところ、40代半ばといったところなのに、この落ちぶれよう。絵に描いたような〝負け組〟じゃありませんか。……ええ、あなたのようなお可哀想な人に、助けてもらおうなんて思ってやしません。だから、さあ、とっととここから立ち去ってくださいな。どうせ、冷やかしなんでしょう？」

とばかりに私を一瞥《いちべつ》すると、灰色の猫は岩のように部屋の隅っこで固まってしまった。

「ちぇっ、またはじまった。こうなるとビクともしないんだよ、こいつは」「あーあ、面白くない！　ホント、ノリの悪いやつ！」「あ、あっちに新作のじゃらしがあるぜ？　あれで遊ぼう！」「うん、こんなのは放っておいて、じゃらしで遊ぼう！」

「そうだね！　じゃらしで遊んでいると、お客さんの食いつきいいもんね！」

などと、移り気な子猫たちは、ようやく灰色猫を解放したのだった。

でも、きっと、これで終わりじゃない。この灰色猫はこれからもずっと、あのやんちゃっ子たちのオモチャにされるのだろう。

……まるで、小学校の頃の私だ。

「あの」

私は、いつの間にか店員に声をかけていた。

「あの灰色の猫なんですが――」

「ああ、ブリちゃん」

「ブリちゃんっていうんですか？」

「仮の名前ですけどね。ブリティッシュショートヘアだから、〝ブリ〟ちゃん」

「そのブリちゃんは、どうしてあんなに大きくなるまで、ここに？」

「……まあ、簡単に言えば、売れないから。ここだけの話、はじめは25万円だったんですよ。ところが４ヵ月が過ぎて20万円に、半年が過ぎて10万円に、いよいよ８ヵ月になって、先週、６万円まで値を下げたんですが。……それでも、売れる気配がなくて」

何か、私自身のことを言われている気がして、私は尋ねずにはいられなかった。

「どうして、売れないんでしょう？」

「ブリちゃん、ご覧の通り、ちょっと愛嬌がないんですよ。だから、お客様が喜ぶようなことを一切しない。他の猫たちとも戯《たわむ》れたりせず、一人……というか一匹で隅っこのほうに隠れてばかり。要するに、人見知りが激しいんです。抱っこも苦手で。お客様が試しに抱っこさせてください……とリクエストしても、ブリちゃん、お客様をひっかいちゃうんです。その傾向は大人になるにつれて、ひどくなるばかりで。……いいところもあるのに、困ったものです」

やはり、自分のことを言われているみたいで、私は、これも訊かずにはいられなかった。

「このまま売れなかったら、……どうなるんですか？」

「なぜ、そんなことを？」

「いえ、私、こう見えても小説家でして。後学のためにも、教えていただきたく」

「もちろん、買ってくださる方が見つかるまで、値を下げながら待ちますよ」

「それでも、売れなかったら？」

「そうですね。スタッフが引き取るか――」

「引き取るスタッフがいなかったら？」

「猫カフェ、または動物プロダクションに引き取ってもらうか――」

ここまで言って、店員さんは言葉のトーンを落とした。

「でも、ブリちゃんにはそれは無理かもしれません。なにしろ、愛嬌がなくて人見知りも激しい。これでのんびりした性格ならまだしも、神経質なところがあって、ちょっとした音でも怖がってパニックになってどこかに隠れちゃうんです。これじゃ、猫カフェのキャストも動物プロダクションのタレントも無理でしょうね」

「じゃ、ブリちゃんは――」

「まあ、そうですね……」店員さんは、ごにょごにょと言葉を濁《にご》した。

「まさか、殺処分？」

「いえ、まさか、そんな。それはないです。どこにも引き取り手がなかったら、ブリーダーさんにお返しするだけです」

「じゃ、そのブリーダーが『この猫は役立たずだから、もういらない』ってなったら？」

「さすがに、そこまでは分かりませんよ。ブリーダーさんにお返ししたら、もううちとは関係ありませんから」

やっぱり、殺処分？

私は、物事を極端に考えがちだ。だから、このときも、いつか見たペットビジネスの闇……的なドキュメンタリー番組を思い出していた。その番組では、売れ残ったペットが殺処分されている様子が映し出されていた。

居ても立ってもいられなくなった。

「飼います。私、ブリちゃん、飼います」

私の口からは、いつの間にかそんな言葉が飛び出していた。

「は？」

店員さんは、その目に疑いの色を滲《にじ》ませながら、ニヤリと笑った。「衝動買いっすか？　よくよく考えたほうがいいっすよ」と言わんばかりの、歪《ゆが》んだ笑顔。

いや、これは、衝動ではない。

多分、「運命」だ。

だって、その日は私の誕生日。46歳になった。

◆愛の献綿◆10／10／27ｕｐ

そんなこんなで、猫を飼うことになった。明日、ショップに引き取りに行く。

昼間、ショップの店員から電話があり、引き渡し前の検査では異常はなかったこと、そして本当に購入するのか？　という意思確認があった。こんな確認があるということは、「あ、やっぱりやめますぅ」という客が多いのかもしれない。ペットショップでその可愛らしさから衝動的に「飼います！」と言ってみたが、気持ちが冷めてしまうケース。

が、私の場合は「衝動」ではない、「運命」だ。だから、「もちろん、気持ちは変わっていません。明日、仕事が終わったら、寄ります。夜の7時頃になるかと思います」と、固い意思を表明した。

幸い、自宅の目と鼻の先に、24時間営業の大型ディスカウントショップがある。そこに行けば大概のものは揃う。猫トイレに砂にキャットフードに、それからそれから。「はじめての猫」的な本を片手に、あれもこれもカートに入れていく私だったが、猫ベッドをつかんだところで、ふと、気になった。……この時点で、合計金額いくらなんだろう？　暗算は苦手だが、カートの中身を大雑把に計算してみる。……8000円を超えている！　これは、いけない。今、財布には5000円ぐらいしかない。カードはなるべく使いたくない。今月は、すでにアマゾンで本をしこたま購入してしまった。どれも小説の資料。今、革命前夜のフランスを舞台にした小説に取り掛かっている。が、この手の資料本はなにしろ高い。一冊2万円……なんていうのもあった。さらに、服と靴も買ってしまった。……いや、だって、とっても素敵なワンピースだったものだから。つい。そうなると、靴も欲しくなるじゃないか。それらの合計金額が、もうすでに5万円ほどになっているはずだ。これ以上は使えない。でないと、住宅ローンが……。仕方ない。私は猫ベッドを棚に戻した。そういえば、手作り猫ベッド……というものをネットで見た気がする。いらなくなったカットソーやセーターをリメイクして、猫ベッドにするのだ。

猫ベッドが出来上がったのが午前4時すぎ。意外と手こずった。まずは、いらないカットソーまたはセーターというものがなく、どれも現役。この現役選手たちの中から戦力外通告をしなければならないものを選ぶ。なんて辛い作業なのだ。それでも、どうにかこうにか選んだローラアシュレイのコットンセーター。大のお気に入りだったが、もう20年近く着ているのでさすがに毛玉が激しい。よし、これにしよう。……が、難関はこの先にあった。中綿がないのだ。中綿がなければ、ただの古着の塊だ。はて、どうする？　と部屋中を見渡し、くまのぬいぐるみに目が留まる。前の前の前の会社を退職するときに、同僚に記念でもらったもので、〝べっくん〟という名前の、人間の2歳児ぐらいの大きさの、ぽっちゃりぐまだ。……べっくんに犠牲になってもらう？　あの大きさならば、綿の量も十分だろう。

「マジですか？　僕の内臓を取り出せっていうんですか？」

べっくんが、悲しい視線を向ける。

「内臓だなんて……。ただの綿じゃないですか。それを少し、融通してください」

「いいですよ。あなたにはお世話になりましたからね。どうぞ、僕の内臓を差し上げますよ。さあ、おとりなさい、僕の内臓を！」

……結局、べっくんからは、足の部分から少しだけ綿をいただいた。足が細くなって、ちょっとイケメンになった気がする。

もちろん、それだけでは足りないから、枕、クッション、布団と、部屋中のものから少しずつ綿を抜いてかき集め、それをローラアシュレイのコットンセーターに詰め込む。

ああ。まさに、これこそ愛の献綿。

綿をくれたみんな、ありがとうね！　おかげで、立派な猫ベッドが出来上がったわ！

……でも、何かもっと大きくて重要なことを忘れている気がする。

何だろう……と考えること、数分。

「そうだ、名前だ」

一応、ブリちゃんという仮の名前がある。でも、どうやら本人はそれを気に入っていない様子だった。ショップの店員が「ブリちゃん、ブリちゃん」と呼びかけても、反応すらしていなかった。それどころか逃げてしまう。だから私は、抱っこどころかその体に触れることもできなかった。

きっとそれは、名前がいけないからだ。名は体をあらわす……ともいう。〝ブリ〟だと、それこそ魚の〝ブリ〟のようで、あるいはブーブークッションの例のおなら音のようで、だから、あんな頑《かたく》なな態度をとってしまうのかもしれない。

ならば、まずは名前だ。

それから2時間。ああでもないこうでもないと考えていたら、頭の中に「まりも」という文字が浮かんだ。

これだ。

◆「まりもの星」◆10／10／28ｕｐ

私が小学校の頃は、「小学〇年生」といった学年雑誌や少女漫画雑誌には、必ず「バレエ」をテーマにした作品が連載されていたものだ。「母探し」というオプション付きで。

私が好きだったのは、学年雑誌に掲載されていた、「まりもの星」。

お父さんは外国に行ったまま行方不明、元バレリーナのお母さんも失踪中でしかも記憶喪失、残されたのは、ヒロインなでしこちゃんと幼い妹れんげちゃん。なでしこちゃんは母を探しながら、険しいバレエの道を突き進む……というようなお決まりのストーリーだ。

ところで、この「小学○年生」シリーズには恐ろしいトラップが張られている。年齢詐称が一発でバレるというトラップだ。私が読んでいたのは「まりもの星」だが、これは、1964年度生まれの人を対象にした漫画。つまり、1964年度生まれの人が小学1年生になり「小学一年生」を購入するのに合わせて、連載を開始していたのだ。同じように、1962年度生まれの人は「さよなら星」、1963年度生まれの人は「かあさん星」、1965年度生まれの人は「バレリーナの星」、1966年度生まれの人は「ママの星」というのを読んでいたはずだ。つまり、このバレエシリーズ、同学年の人しか共有できないひどく狭い閉じた世界の中で展開されている。なので、同じバレエシリーズでも、学年が違うとまったく知らないという現象が起こる。私も、「さよなら星」とか「かあさん星」とか、まったく知らなかった。……ということで、どのバレエシリーズを読んでいたかによって同時に年齢も明らかになるという恐ろしい仕組みなのだ。

これを利用して、なにかミステリー小説が書けないか。年齢詐称していた犯人が、ぽろっと口にした「まりもの星」という言葉。これをきっかけに、犯人の嘘まみれの人生が明らかになり……。

……と、前置きはここまでにして。

本日、「まりも」さんをお迎えした。

午後6時半、仕事を終えると脱兎《だっと》のごとく、Sデパート屋上のペットショップに向かう。店員さんに抱かれて、まりもさん登場。いや、この時点では、まだ正式には「まりも」ではない。もしその名を呼んで気に入ってくれなかったら、即、他の名前にするつもりだった。第二候補は、「モナミ」。大好きな「名探偵ポアロ」の口癖。フランス語で、「私の友人」「私の恋人」という意味だ。

……まりもさん。

店員の腕の中、逃亡を必死に試みている彼女に向かって、私は恐る恐る呼んでみた。

「え？　なんですって？」

まりもさん。

「誰が〝まりも〟ですって？」

まりもさん。

「あら、いやだ。もしかして、それ、あたくしのこと？」

まりもさん。

「悪くないわね。いいわよ、その名前で」

そして、まりもさんが、「仕方ないわね。特別よ」とばかりに、私の腕の中へ。

うっわ……。ヤバい。私の心は一瞬でとろけた。だって、腕の中のまりもさんは……ふわふわでプニュプニュでほかほかで。……そして、かすかにプルプルと震えている。

見た目は子猫とは思えないほどのでっぷりとした存在感なのに、実際は、私の手の中にすっぽり収まるほど小さくて、軽くて、儚《はかな》げで……。もしかしたら、その毛の中の正体は、やせっぽっちな寂しがり屋さんなのかもしれない。……そうか。見た目ががっしりしているから、そして子猫にしては愛嬌がないから売れ残っちゃったけど、本当は、こんなに小さくて……そして寂しかったのだ。他の子がどんどん引き取られていく中、心細くて仕方なかったのだ。一人ぼっちが怖くて仕方なかったのだ。だから、こんなに震えて。

「ごめんね、まりもさん。迎えに来るのが遅くなって」

……と、キュッと抱きしめようとした瞬間、

「調子に乗らないで！」

と、シャーッと爪の応酬。

右の手の甲に、一本の赤い筋が刻まれた。

これはきっと、「飼い主として認めてやろう」という印かもしれない。そんなことを思いながら、まりもさんとともに帰路につく。

——さあ、いよいよ、私たちの生活がはじまるね。新しい門出だね！　でもね、まりもさん。早速なんだけれど、言っておかなくちゃいけないことがあります。「関白《かんぱく》宣言」ならぬ、「貧乏宣言」。

私、今日、失業しました。

いや、もちろん、本業は「小説家」なので、正確には「失業」ではないのだけれど。……でも、私の収入の大半を占める派遣の仕事がね、今日で終わってしまったんです。今日、派遣会社の営業さんが来てね、「更新はないです」って言われちゃったのです。てっきり更新があるものとばかり。そのつもりで、いろんなものを買ってしまったのに。

だから、明日から、職探しです。

あ、それと。これもちゃんと言っておきますね。……うち、めちゃくちゃ貧乏です。去年の年収は200万円いきませんでした。今年は、それをも下回る勢いです。今日、まりもさんを引き取るために6万円＋消費税を支払いましたので、財布の中身は3000円とちょっと。口座の残高は3万円とちょっとしかありません。あ、でも、安心してください。出版社に前借りをお願いしてみますので。多分、大丈夫です。前も、それで乗り切りました。その前借りが11万円。これで、当分はなんとかなります。月末には、派遣の仕事のお給料も入金される予定です。だから、ギリギリなんとかなる予定です。……こんな感じで自転車操業な我が家ですが、よろしくお願いします。

「……なんか、不安しかないんだけれど。……あなた、本当に大丈夫なんですか？」

まりもさんが、そんな目で見た。

「大丈夫です。今までも、これでなんとか生きてきました」

「あなた一人ならそれでよかったかもしれないけれど。……あたくしは、金のかかる女ですよ。なにしろ、血統書つきのブリティッシュショートヘアなのですから」

「そういえば、ブリティッシュショートヘアって、どんな猫なんですか？」

「あら、あなた。そんなことも知らずに、あたくしを？　これだから庶民は……。ブリティッシュショートヘアは、紳士淑女の国、英国で誕生した猫ですのよ。この美しい毛色は、『永遠の傑作』とまで言われているんですからね」

「そうなんですか！　私、イギリス、大好きです。シャーロック・ホームズも、ポアロも大好きです！」

「それはそうと、早速、避妊手術もしてもらわないと困るんですけど」

「避妊……手術？」

「そうよ。本当は、生後半年ぐらいでしなくちゃいけないんですけど。発情期が来る前にね。なのに、あたくし、もう8ヵ月よ？　発情期が明日にでもきそうなんですけど」

「発情期がくると、ヤバいんですか？」

「そうよ。あたくしがあたくしでなくなるのよ。一日中『男が欲しい〜男が欲しい〜』って鳴き騒ぐビッチに成り下がってしまうんですのよ。あたくし、そんなの耐えられませんわ。それに、体力を消耗して、寿命も縮むんですのよ」

「発情期って、そんなに大変なんですか……」

「人間だってそうじゃありませんか？」

「随分と昔のことなので忘れてしまいました」

「いずれにしても、あたくしは金のかかる女よ。覚悟しておいてくださいな」


追記。

我が家に到着すると、早速、献綿でこしらえた猫ベッドをまりもさんにご紹介。ところが、「は？　何、これ？」とばかりに、見事に拒否られた。

徹夜したのに。綿をあちこちからかき集めたのに。でも、不思議と悲しい気持ちにも残念な気持ちにもならなかった。

「そうなんだー」とだけ。これが人間相手だったら、「私、頑張ったのに、あなたのために」と恩着せがましくネチネチと恨みごとを言うところだが。猫相手だと、そんなネガティブな気分には一切ならず。むしろ、どこか嬉しい。……これが、俗に言う「猫奴隷」の心境か？

そんな猫奴隷を横目に、まりもさんは、教えたわけでもないのに猫トイレに行き、立派なウンチョリーナをお出しになり、カリカリご飯をたいらげて、お休みになった。なぜか、くまのぬいぐるみのべっくんの上で。足が細くなってイケメンになったべっくんに覆いかぶさるように。

◆私は奴隷◆10／11／03up

まりもさんが我が家に来て、1週間。初日はあんなにがっついていたカリカリを、翌日から残すようになった。

「どうしたんですか？　お腹でも痛いんですか？」

「分からないんですか？　あたくしの口に合わないんですよ。どうせ、あのカリカリ、そこらのドラッグストアーで、1・5キロ1000円するかしないかのやつでしょう？」

「当たりです！　……ダメでしたか？」

「言いましたよね？　あたくしは、英国淑女なんですよ？　血統書付きのレディー。

庶民が食するようなものは、受け付けません。初日は、ちょっと色々と疲れていたから、つい、食べてしまったけれど」

「じゃ、どんなのがいいんですか？」

「穀物フリーのやつをお願いします。あたくしたち猫はもともと肉食、穀物を消化するのは苦手なんですの。それに、穀物は太る原因にもなるわ。人間だってそうでしょう？」

「ええ、まあ、確かに」

「なら、穀物フリーで、新鮮なお肉だけで作ったカリカリをお願い」

ということで、この条件に合うキャットフードを検索してみると、それはどれも舶来ものでべらぼうに高い。1・5キロで5000円近くする！　つまり、150グラム500円するということだ。私がいつも買っている鶏のひき肉は100グラム90円だというのに。

「それが、何？　だから言ったでしょう？　あたくしは金のかかる女だって」

はい、分かりました……と、アマゾンでその舶来ものをぽちっと。

「ついでに、そのささみのフリーズドライもお願い」

と、ねだられるがまま、ぽちっと。

え？　なんと、150グラム2500円……。

どうしたものか。次の仕事はまだ見つかってないというのに。

それでも、まりもさんには、どんな贅沢もさせてやりたいと思ってしまう私は、「猫奴隷」どころかもはや「恋の奴隷」というやつだ。

世の中には、キャバ嬢に貢ぎまくって、会社の金まで横領してしまう男もいるが、まさにそれ。残念ながら、私には横領する先がないが。

……いや、あった。

◆私がつまずいた理由◆10／11／04up

会社員の頃、マンションを購入した。

当時、女の一人暮らしは歳をとるとなかなか借りる部屋が決まらない、という都市伝説があり、危機感をあおられた私は、「住む場所を今のうちに確保しておかないと」と、それまで漠然と貯めていた預金をはたいてそれを頭金にし、小さなマンションを購入したのだった。頭金を結構入れたので、月々のローン返済は賃貸のときとどっこいどっこい。よし、これで「住」に関しては安泰《あんたい》だ。

しかし、盲点もあった。下手に固定資産を持っていると税金関係がバカにならないのだ。去年の収入なんて生活保護で支給される額より少なかったというのに、住民税と固定資産税がえらいことに。しかも、はじめは楽勝だった住宅ローンの返済額が、去年から倍になったのだ。これが世にいう「ゆとり返済」の罠。この罠にハマり、生活破綻地獄に陥る人は数多《あまた》いると聞く。私もまた、その予備軍。

そんな私が、マンションの管理組合理事長だというのだから、おかしくなる。立候補した訳ではない。くじで外れたのだ。

超貧乏な私が「理事長」だなんて、あまりにあまりなギャップじゃないか！　これはどんな皮肉？　だって、何千万と積み立てられた通帳を管理しなくちゃいけないんだから！　こんな貧乏人に、そんなものを任せていいのか？　などと言いながら、今日は、管理会社の担当さんと、銀行廻りをした。理事長が替わったので名義変更の手続きだ。複数の銀行に口座があるので、なかなか面倒な一日だった。

窓口で通帳を見るたびに、そのゼロの多さに、ごくりと唾を呑み込む。きっと、この瞬間に魔がさして、横領なんていうのを考える人もいるんだろうな……と。

私が、もし、にっちもさっちもどうにもブルドッグ状態だったとしたら。

たとえば、私が世帯《しょたい》持ちで子供なんかも二人いて、子供の学費やなにやらでヤバいところから借金をしていて、しかもマンションのローンを「ゆとり返済」と選択してしまったおかげでローン返済が2倍になって、さらに夫はリストラされて、そんなこんなで闇金の支払いが今日で、今日支払わないとソープに沈めるぞ、と脅されていたら。……そんな状態だったら、ここで管理会社の担当をだまくらかして通帳と印鑑をまんまと懐に入れて、「今だけよ、今だけ、ちょっと貸して。必ず、穴埋めするから！」などといいながら公金に手をつけ、その穴埋めのために、新たな犯罪に手を染め……。

他人事ではないと思った。だって、今の私、割とにっちもさっちもどうにもブルドッグ状態だ。

派遣先を切られ、小説の収入も期待できず、口座残高は1万円を切る勢い。……ヤバい。今月、もしかして住宅ローン、支払えないかも？　支払えなかったらどうなるんだろう？　……やっぱり、差し押さえ？　そしたら、まりもさんと私、どうなるんだろう？

ああ、どうなるんだろう、どうなるんだろう……と不安を抱えながら帰宅すると、派遣会社の担当から、「採用」の電話があった。

よかった……。首がつながった……。

3ヵ月ごとに更新の長期契約。時給もわりかしいい。……これでなんとか、横領せずに済んだ。

◆まりもさんの子守唄◆10／11／21ｕｐ

まりもたーん　まりもたーん♪

パピホパまりも、パリパリぽよよん、まりもたーん♪

こんな不思議な歌をつい、口ずさんでいる自分が、ちょっと怖い。

どうやら、子守唄のつもりらしい。

そして、気がつくと、

「まりもたーん、どうちたんでちゅか？　ぽんぽん、痛いでちゅか？」

「やめてくだたい！　痛いでちゅ！　足をカジカジしないでくだたい！」

こんな赤ちゃん言葉が止まらない。

傍《はた》から見れば、まるで、私がまりもさんに甘えているように映るだろう。実際、そうなんだろうな……と。赤ちゃん言葉を使ってしまうのは、こちらに甘えたい欲望があるからに違いない。

それにしても。

赤ちゃん言葉は、「さ行」が変化することに気がついた。

「まりもさん↓まりもタん」「やめてください↓やめてくだタい」「どうしたんですか↓どうチたんでチュか」

……まあ、どうでもいいことだが。

そんなことより、明日から３日間、仕事は休みだ。明日は動物病院。まりもさんの避妊手術のための検査だ。

◆告知◆10／11／22up

動物病院にて、手術前検査というものをした。レントゲンをとって、血液検査をして。これで何事もなければ、明日には手術のはずだったのだが。

「腎臓に問題があります。手術をお勧めします」

え？　どういうこと？

「ですから、腎臓の——」

先生は、素人にも分かるように簡単な言葉で説明してくれたが、私の脳にはまったく届かず。ただ、ただ、

「死ぬんですか？　まりもさん、死ぬんですか？」

と涙と鼻水を垂れ流すだけの私だ。そんな私に先生は、「放っておけば、死にます。が、手術をすれば、助かります」と、優しく微笑む。

「します、手術、します！」

こう答えるしかない。

自分のことならば、「いやー、それなら仕方ないですね。これも天命」と諦めることもできたかもしれないが、まりもさんはまだ生まれて1年にも満たないのだ。しかも、その大半は、あの狭いケージの中で見世物になって暮らしてきた。この世の幸せ

と楽しみを全然知らないまま死んでしまうなんて……。

「手術、お願いします！」

私は、頭を下げた。

「手術の費用ですが、30万円ほどかかりますが、大丈夫ですか？」

先生が、さらに優しく微笑む。

世の中は、どんな局面でも、お金のことが付いて回るもんなんだな……。

そんなことをぼんやり思いながらも、私は、

「はい、大丈夫です」

と答えた。

……大丈夫なはずがない！

◆禁断の◆10／11／23ｕｐ
とりあえず、お金を工面しなければならない。こんなときは、まず質屋だ。

とは言っても、家の中には売れるようなものはない。ブランドものだってないし、貴金属だってない。……あるのは、大量の本だけだ。早速、手当たり次第紙袋に詰め込んで、ブックオフに直行。30冊ほど持ち込んだのに、５００円とちょっと。一番ショックだったのは、自分が書いた本が10円にも満たなかったことだ。

仕方ないので、その500円で、まりもさんのおやつを買う。

……一体、どうしたら、30万円なんていう大金を用意できるんだろうか？

やっぱり、マンションの修繕積立金を……などとどす黒い感情に押しつぶされていると、ふと、光明が差した。

「あ、そうだ。カードがあった」

そう、確か、私のクレジットカードは、キャッシングもできたはず。その利子の高さ故、これまで利用したことがないが、もうそんなことを言っている場合ではない。

早速コンビニに駆け込みＡＴＭの前に行くと、クレジットカードを恐る恐る差し込んでみる。そして〝30万円〟と押し、ついで、〝リボ払い〟と押す。すると……いとも簡単に、30万円が現れた。

これだ。この手軽さが、地獄の入り口なんだ。しかも、リボ払いだから、一ヵ月1万円の返済で済む。……これがクセになり、破滅へとつながるのだ。だから、これを最後にしよう、これを最後に……と頭の中で繰り返し唱えながら、一万円札30枚を財布に詰め込み、動物病院に電話する。

「お金、できました。手術、お願いします」

◆おバカさん◆10／11／24ｕｐ

手術は、あっという間に終わった。傷口も小さく、入院も必要なかった。

これで30万円？

「だから、言ったでしょう。あたくしは、金のかかる女だって。……生半可な気持ちでお世話できるほど、あたくしはお安くないのよ」

麻酔で朦朧《もうろう》としているまりもさんが、トロンとした目でこちらを見た。

「これからも、まだまだかかるわよ。だって、避妊手術もしなきゃだし、歳をとればとるほどいろんな病気のリスクがある。そのたんびに、高額な治療費が取られるのよ。……それでも、あなた、あたくしの奴隷を続けるっていうの？」

はい、続けます。

「おバカさんね。……ほんと、あなたったら、おバカさん」

◆底辺と冬と手相と◆11／02／19ｕｐ
久しぶりの更新。

もう2月の半ばだが、一応、ご挨拶。

「明けましておめでとうございます。２０１１年が皆様にとっていい年でありますように」

さて、おかげさまで、まりもさんは元気だ。あれから避妊手術も無事終わり（手術費用2万円は、カードのキャッシングで用立てた。一度一線を越えてしまうと、ハードルはどんどん低くなり、キャッシングすることにも慣れてしまう。……こうやって人間は、借金地獄へと自ら突き進むのだな……と)。

私も、なんとか生きている。出稼ぎ（派遣）の疲労のせいか持病の十二指腸潰瘍《かいよう》がひどくなっているが、まあ、それでも生きている。ガスター10さまさまだ。

しかし、寒い。エアコンが壊れて今年で4年、小さな電気ストーブでなんとか冬をやり過ごしてきたのだが、今年の冬はヤバい。せっかくのお休みだというのに、ストーブの傍から離れられない。なので、行動範囲が著しく狭くなり、一日の大半をストーブの真ん前でアルマジロのように体を丸めながら過ごしている。家にいながら、凍死しそうだ。指先なんかも真紫色のチアノーゼ状態。今もかじかんだ指をどうにか動かしながら、これを打っている。まりもさんも、コアラのようにべっくんにしがみついたまま、ピクリともしない。

しかし、私の冬はいつ終わるのだろうか。

確定申告の季節、去年の収入を目の当たりにして、情けなさで涙が出そうになる。この収入はただごとではない。負け組とか負け犬とか、そんなレベルではない。

これが、人生の底辺なのかもしれない。

ああ、底辺作家。世の中の人たちは皆、「ぷっ。あの人ったら、所詮、売れない底辺作家。近づいたら底辺がうつる」なんて目で私を見ているんだろう。……とんだ被害妄想だが、後ろ向きの性格の私は、実は、被害妄想が好きだったりする。世間から蔑《さげす》まれている自分……というのを妄想すると辛くて悲しいのに、どこか気持ちがよかったりする。なので、物心ついた頃から、「どうせ私なんか」と、自虐的な妄想をしては、泣きながらニヤニヤしていたものだ。

そんな不幸体質な私の手相に、とんでもない変化が表れた！　薬指の下のほうに、なにやら＊のようなものが。で、パソコンで検索してみたならば、

『大成功間違いなし。自分でもビックリするような富と名声を得ることができます』

「え、マジですか！　私、どうなっちゃうんですか！　富とか名声とか、そんな食べ慣れないものを食べて、腹、下しませんか？」

などとつぶやきながら狂喜乱舞の私。

まりもさんが、怪訝《けげん》な顔でこちらを見ている。

手相をよくよく見ると、玉の輿《こし》の相という線まで出現している。

「なんなんですか、いまさら、玉の輿って！　どんな玉なんでしょうかね!?」

まりもさんに話しかけてみるも、「ふん」とそっけない。

「まりもさん、富とか名声が手に入ったら、どうします？　やっぱり、エアコンを買いますか？　いや、いっそのこと、もっと広い部屋に越しますか？　というのも、今

まで黙ってましたが、実は、このマンション、ペット禁止なんですよ」

「げっ。なんなんですか、今更その衝撃的告白は」

「と言っても、黙ってペットを飼っている人は何人かいますけどね。……でも、私、一応、理事長じゃないですか？　だから、ひしひしと罪悪感が……。その罪悪感がストレスになって十二指腸潰瘍が悪化しているようなんです。今も痛くて痛くて、背筋を伸ばすこともできません」

「なら、どうしてあたくしを飼ってしまったの？　そんな無責任なことをしたの？」

「だって、仕方ないじゃないですか。運命だったんですから……」

「は？　運命？　衝動的で無責任で無計画でその日暮らしのおバカほど、〝運命〟という言葉を使いたがるんですよね。それを免罪符にしようとするんですよ」

「そんなこと、言わないでください……」

「あたくし、つくづく、運がないわ。あなたのような衝動的で無責任で無計画で甲斐性のない貧乏人なんかに選ばれてしまって。あなたが仕事に行っている間、あたくしがどれほど寒い思いをしているか、想像したことがあって？」

「……そんなに寒いですか？　そんなに暖かそうな毛皮をまとっているのに」

「猫の祖先は、灼熱《しゃくねつ》の砂漠で生まれたのよ。だから、そもそも寒さには弱いのよ！」

「分かりました……。なら、ストーブつけっぱなしで出かけることにします」

「そんな危険なことしないで。それに、つけっぱなしにしたら、電気代、いくらになると思うの？　どうせあなたのことだもの。目先の安さに惹かれて、このストーブを買ったんでしょうよ、消費電力も確認しないで」

「おっしゃる通りです。……先月の電気代、２万円超えました……」

「ほら、ご覧なさい！　あなたって、そんなんだからいつまでたっても貧乏で底辺なのよ。生活を根本から立て直そうともせずに、一体何が悪いのかそれを検証することもなく、目先のことに囚われて、逃げてばかり。それじゃ、まるっきり、〝悪いほうのおばさん〟じゃない」

「……厳しいことをおっしゃいますね」

「何が手相よ、何が玉の輿よ。どんなに立派な手相だとしても、努力をしない人には、結果は出ない――」

「どうしたんですか？　まりもさん」

まりもさんが、べっくんの上で、白目をむいてぐったりとしている。

「まりもさん！」

◆万事休す◆11／02／20ｕｐ

まりもさんが、また手術をすることになった。

べっくんの髭《ひげ》（アクリル）を引き抜いて、それを飲み込んでしまったのだ。それが胃と腸に詰まっていた。しかも6本。先生曰《いわ》く、「髭の状態がそれぞれ違ったので、数日かけて飲み込んだと思われる」とのことだ。そして、

「なぜ、こうなるまで気がつかなかったんですか？　1本目を飲み込んだ時点で、異変はあったはずです」

言われてみれば、確かに、便秘気味だった。えずくこともあった。餌も残しがちだった。

「そこまで気づいていながら、なぜ、放っておいたんですか？」

「仕事が忙しくて……。私自身も体調が悪くて……」

我ながら、なんて自己中心的な言い訳なのだろう。その情けなさに涙がこみ上げてきた。

そんな私を見て、先生が、「やれやれ」と肩を竦める。その口は、「猫を飼う資格はないね」と言っているようにも見える。

「いずれにしても、手術をしないと、死にますよ。どうしますか？　手術、しますか？」

はい、します……という代わりに、「いくらかかりますか？」と私。

「あんたね。可愛いペットが今にも死にそうなときに、その心配をしますか？」

だって。……だって。

「猫を飼う資格はないね」

今度ははっきりと、先生はそう言った。

悔しかった。

自分が、悔しかった。だって私は、瀕死状態のまりもさんを前にしてお金の心配をしている。

そんな自分が、無性に悔しかった。

手術をお願いし、コンビニに走った私は、例によって例のごとく、カードでキャッシングする。が、上限に達してしまったようで、1万円しか借りられない。

手術費用は20万円なのに。……どうしよう、あと、19万円。……19万円！

と、うろついていると、消費者金融の看板が目に入った。

◆決断◆11／03／11up
この世の中、愛だけではどうにもならないことがある。これは男女の話に限ったことではない。

「まりもさん。お話があります。包み隠さず言いますが、この部屋、差し押さえられることになりました。実は、ここ4ヵ月ほど住宅ローンを滞納していたのです。そして今日、とうとう『期限の利益の喪失通知』というのが届いたのです。難しいことは割愛しますが、要するに、滞納が続いたのでもうあなたは信用に値しない。ローンの残高を1週間以内に一括で支払え……という通告です。残高は1800万円ほどです。もちろん払えませんから『代位弁済通知』というのが、じきに届くでしょう。『保証会社が私に代わってローン残金の支払いをしたから、債権者が金融機関から保証会社になった。直ちに残金＋遅延損害金を耳を揃えて支払え。さもなくば、部屋を差し押さえて競売にかけるぞ』という最後通告です。

もちろん、一括で返済するなんてできっこありません。つまり、この部屋は競売にかけられます。私たちはここに住み続けることができなくなりました。それだけではありません。実は、私は多重債務者です。もう、いくら借りて、いくら返済しなくてはいけないのかもよく分からなくなりました。

なのに、昨日、今働いている派遣先から、契約更新はないとの通達がありました。しかも、この春に発売されるはずの小説が、発売見送りになりました。

……不幸というのは重なるものですね。

それで、私は『自己破産』というものをしようと思っています。これで、一応、借金はチャラになるのですが――」

「分かっていますわ。あなたが言いたいことは。もうこれ以上、あたくしの世話はできないということですね」

「本当に、私がバカでした。本当に、ごめんなさい……」

「で、あたくしはどうすればいいのかしら？」

「里親を探すというのは？」

「虐待を目的とした里親もいるといいますわよ。あたくし、虐待だけは勘弁です」

「じゃ、保護センターは？」

「いろんな猫と一緒に暮らすんですよね？　……あたくし、集団生活、苦手なんですよ。……きっと虐《いじ》められます」

「でも、里親が決まるまでの間ですから……」

「ショップで、ずっと売れ残っていたあたくしですよ？　里親がそんなに簡単に見つかるかしら？」

「確かに……」

「いい方法がひとつだけありますわ。でも、この方法は、あなたにとっては不名誉なことですけれど」

「どんな方法ですか？」

「あなたが、最低最悪の虐待飼い主キャラになるんです」

「は？」

「ですから、極悪《ヒール》〝キャラ〟を演じるんです。それをネットで流せば、あたくしは同情されて、すぐにいい里親が見つかると思うんです。ほら、かつて矢鴨《やがも》というのがいたというじゃないですか。あんな感じで有名になれば、競ってあたくしを引き取ろうという人が出てくると思うんですよ。……いかがですか？」

「でも……」

「大丈夫ですよ。きっと、うまくいきます。だって、あなた、ショップで他の子猫たちにオモチャにされているあたくしに同情したじゃないですか。そして、まんまと飼うことを決意した」

「え？　ということは、まさか……」

「そう。子猫たちに、ヒールキャラをやってもらったんです」

「なるほど、そうだったんですか」

「今は、ちょっとやそっとのことでは、人は手を差し伸べてはくれません。思い切った演出がなければ。……どうですか？　あなたも、ヒールキャラ、やってみませんこと？」

「分かりました。なら、今日一日、考えさせてください。答えは、仕事から戻ってきてから出します。……じゃ、仕事に行ってきます」

「行ってらっしゃい。……早く帰ってきてね」

「あ、そうだ。ストーブ、つけっぱなしにしておきますね。……今日は、とっても寒いから」

「ありがとう。さあ、早くお行きなさい。遅刻しますよ」


そうか。「悪いほうのおばさん」も、あるいはヒールキャラを演じて、チーちゃんを私に託したのかもしれない。だから、「良いほうのおばさん」も、チーちゃんを引き取らざるをえなかったのかもしれない。

そういえば、あの頃、「悪いほうのおばさん」は持病の喘息でしょっちゅう救急車のお世話になっていたっけ。本当なら、犬なんか飼えない体だったのだ。しかも、悪い男に引っかかり、借金もあちこちからあった。

そうか。だから、チーちゃんを救うために、あえて手放したんだ。

自分が悪者《ヒール》になって。

よし。なら私だってなれるかもしれない。史上最悪のヒールに。まりもさんのためなら。

さて、どんなヒールになろうか？　どんな残虐な悪人に？　……などと考えながら、出稼ぎ先のオフィスでパソコンのキーを叩いていると。

靴の中で、何かが当たった。

そういえば、朝からずっと何か違和感があった。屈んで、靴の中を確認してみると。

綿棒だ。

ああ、きっとまりもさんだ。綿棒は、まりもさんのお気に入りのおもちゃ。

「いやだ、まりもさんたら――」

と、綿棒をつまんだとき、体がぐらりと揺れた。

腕時計のデジタル表示は、14:46。

それは、とてつもなく大きな地震だった。東北のほうでは、もっと大きな揺れだったらしい。ネットもラジオもテレビも、とにかく大騒ぎしている。

「まりもさん!」

私は、慌ててオフィスを出た。が、電車はすべてとまっている。……タクシーをみつけた。でも、お財布の中身は、1340円。

でも、帰らなきゃ。だって、ストーブ、つけっぱなしだ!

「まりもさん、まりもさん、私にはやっぱり、ヒールキャラなんて無理です。できません! だから、これからも一緒に暮らしましょう。そして一緒のお墓に入りましょう。だから、無事でいて!」

私は、綿棒を握りしめながら、まりもさんが待つ部屋を目指した。

更年期真っ只中の私。
ルイボスティー、高麗人参《こうらいにんじん》、ローヤルゼリー、
漢方と試したが、一番効果があるのはマリモさん。
彼女の愛らしい仕草を見ていると、イライラものぼせも吹っ飛ぶ。
あ、マリモさんとは、数年前から一緒に暮らしているニャンのこと。
「まりも日記」に出てくるニャンのモデルだ。
私がもし、貧乏時代にマリモさんと出会っていたら……
という仮定のもと創作したのだが、書いていて辛くなった。
マリモさんにあんな思いをさせないように
お仕事、頑張らなくちゃな……と。
住宅ローンもたっぷり残っていることだし。

追記。
この「まりも日記」は、私が実際にアップしているブログから、
ところどころ引用している。
つまり、虚実ごっちゃまぜ。
どこからどこまでが「虚」で、どこが「実」なのか。
お暇があれば、ブログの内容をまとめた
『おひとり様作家、いよいよ猫を飼う。』（幻冬舎文庫）を
手に入れて、読み比べるのも一興かと。

真梨幸子（まり・ゆきこ）

一九六四年宮崎県生まれ。『孤虫症』で第32回メフィスト賞を受賞しデビュー。『殺人鬼フジコの衝動』が大ヒット、一躍「イヤミス」の旗手として注目をあびる。『祝言島』『ご用命とあらば、ゆりかごからお墓まで』『向こう側の、ヨーコ』『ツキマトウ　警視庁ストーカー対策室ゼロ係』『初恋さがし』『三匹の子豚』『坂の上の赤い屋根』など著書多数。

ヅカねこ

ちっぴ

ヅカねこ

ちっぴ

ここはすみれの街
わい
わい
ねこの世界でも「ヅカ」を愛する一定の猫々《ひとびと》がいる
イチ
ヅカファン。ファン歴4年。感動屋。

いい二本立てだったよねーショーもよかったけどお芝居も面白かっ…
ニコ　イチの友人。ヅカファン。娘役好き。
たのしかった
あっごめ
…やっぱ。
？
ニャトル行こ
うん…「やっぱ」？
あ、もういない
ニャトルレーヴ
劇団オフィシャルショップ。公演舞台写真やDVD、関連書籍、グッズ等を取り扱っている。人間界でいうところのキャトルレーヴ。
あっ
いたいた
原作本コー
私としたことが予習を怠ったなんて!!!
こんな面白いとは
王妃の館
私読まず観る派
それ全部買うの
みりおんちゃんの四ツ切り♡
当たり前でしょ退団公演だよ
みりおんの
いつ買うのよ
※みりおん＝宙組トップ娘役。「王妃の館 -Château de la Reine-」で退団。

※三島由紀夫原作「豊饒の海」より第一巻「春の雪」が2012年、宝塚歌劇で舞台化された。

バァー
帰宅
はやく まて
はやく まて
はやく
しぬ
Gone With the Wind
蝉しぐれ
ラスト・タイクーン
舞姫
源氏物語
阿弖流為
ベルサイユ
シェイクスピア全集
近松全
意外と小説読むんだな、と思いきや全部ヅカ舞台化のやつ
これからの阿弖流為まである…
……
あ
ラスト・タイクーン
カッ

…あれはさ
…おう
聞こうか
……
とにかく
モンロー役の蘭寿とむ様
うん これが退団公演でね
あの成熟した男役の
蘭寿とむ様がスーツ着てるってだけで大勝利で大正解で帝王《タイクーン》じゃないですか
日本語おかしいけど
わかるよ
めっちゃくちゃカッコよかったよ
問答無用の
蘭寿とむ!
スー
わかるけど
大丈夫?

原作モノで主役がまるであて書きかって位ハマッてるのってやっぱりいいよね!!
わたし吾輩は猫である観たいなー
猫モノ
ゴシゴシ
ペロペロ
三毛子さん誰がいいかな
三毛猫ホームズは?
推理モノもたまにあるよね
なら
ハツ墓村どうよ
ホイ
ありがと
役いっぱいあるね?
役多いのがいいよね
ゲタで踊ったりするのかな金田一耕助
ブーツじゃない
そこをなんとかゲタでお願いしたい
個人的には風立ちぬ!!
学ラン!
夢!
恋!
必要なものがそろってる
情熱!!
…アニメになってるじゃんもう
わたしは娘役が活躍する作品が観たい
若草物語は?
他にも南北戦争時代の作品多いけど
いいねー!!娘役四姉妹で
男役トップは隣のローリーか
待ってヘタすると姉妹に男役の女装入るんじゃない?
ちゃんちゃん
あー

猫が何を考えているのか。
猫が思い思いに過ごしているのを見ながら、
今、どんな気持ちで何を考えているんだろうと
ふと思うことがあります。
少し前に愛猫を亡くし、そんな風に猫を見つめる時間が
減ってしまってとても寂しい。
同じ時間を共有しながらこの子は自分の時間を生きているな、
と思わせる猫との暮らしはとても心地よくて、愛おしいものです。
猫がしたことは無条件ですべて許せる。
そうしていると他のことにも仕方ないな、となってくる。
気ままな猫が自分を少し優しい人間にしてくれたと思います。

ちっぴ
群馬県出身。猫とともに宝塚歌劇団をこよなく愛する。WEBサイト「FEEL FREE」で『ヅカねこ』を発表、二〇一六年に書籍化もされた。本書掲載作品は、二〇一七年に描かれたその番外編である。

諧和会議

町田康

天尭元年《てんぎょう》一月一日午前十時。広い森を貫く一本の道の真ん中あたり。そこだけ広場のようになったところで第三十四回諧和《かいわ》会議は開かれた。

会議を開くのだったらこんなところがいいよね。現代的な会議場やホールなんかよりずっといい。そうだね。儂《わし》もそう思うよ。そんな声が議場のあちこちから聞こえていた。

真冬だが風もなく暖かな日射しが射し込んで犬は眠り込みそうになった。いかんいかん。大事な会議なのに。そう思う犬は四肢を踏みばって立ち、身体をブルブル震わせた。そのとき蛙が話し始めた。

「ええ、議長の蛙真一郎でございます。それでは定刻になりましたので第三十四回諧和会議を始めます。出席者数は約十四名。欠席者数は不明。委任状の提出はゼロ。したがいまして会議の議決は無効でございますが、諧和会議には有効も無効もありませんので気にせず進めたいと思いますが御異議ございませんか。ございませんね。異議なしと認めます」

と蛙は淀みなく議事を進めていった。多くの者が居眠ったり、草を食べたりして、様々の議案に反対する者もなく、「此《かく》の如くみな諧和して。さすがは諧和会議です」と自讃する者もあった。ところが。

「それでは第十二号議案、『猫君の暴虐に関しての対策案について』ですが、この件についてご意見のある方はおられますか」

と蛙が言った途端、俄《にわ》かに会議は活気づき、多くの者が発言を求めた。

「はい、はい、はい」「はい、はい、はい」「はい、はい、はい」

「それでは、馬君」

指名された馬は喜び、ヒン、と短く嘶《いなな》くと尻尾を振り振り、気取って話を始めた。

「蛙議長。ご指名ありがとうございます。馬山五郎です。記念すべき第四十五回諧和会議において、こうして皆様の前で発言できることは欣快《きんかい》の至りでございます。と、申しますのも、このように私たちが言葉を話す、言語の世界をゲットできたというのは、私たちがこのように諧和して、かつまた調和して、けれども、ここが重要なポイントで、私たちに、その文明の成果及び蹉跌によって、というのを具体的に申しあげるならば、彼らの動物と会話したいという奇怪な欲望と、そうしたことを初めとする様々の奇怪で際限のない欲望を支えてきたエネルギー政策の大失敗が環境に齎《もたら》した変異によって、私たちに言語を解する頭脳を齎した人間が愚かにもしたような進歩も発展もしないで生きていくことが、どれほど素敵なことか、ということをここにいる全員が理解しているからに他なりません。ヒーン」

と馬が嘶くとき、狸は言った。

「馬の話、長いね」

鶏が答えた。

「ほんと、ほんと。その割には会議の回数、間違えてるし」

「俗に言う、馬の長話、ってやつだね」

「聞いたことないわ」

狸と鶏がそんな話をしているのも知らないで馬は話し続けた。

「いま私はここにいる全員、と申し上げた。それは間違いがない。ただ、そう、議長がおっしゃった猫君、彼らだけは全然、会議にも出てこないし、諧和ということをまったくしようとしない。調和もしない。幸いにして進歩や発展はしておらないようですが、私たちとの会話を拒絶して無言を貫き、好き放題をやらかしている。みんなで分与しようと思っておいてあった魚肉を食べ散らかす。それでも腹が減っているのであれば許します。ところが食った直後に、ぶわあああっ、と嘔吐したりしている」

と馬が具体的な文句を言い始めたところ、よほど不満が鬱積していたのか、みなが一斉に文句を言い始めた。

「マイケル・マイマイツブリですけど、本当ですよ」

「蝸牛《かたつむり》君、議長の許可を得てから発言してください」

「僕はマイマイツブリです。蝸牛じゃありません」

「おんなしこっちゃがな」

「はっきり言って僕のことを蝸牛と呼ぶのは差別だし、言葉狩りです」

「差別はわかんないけど、言葉狩りは逆じゃね？」

「あ、じゃあの、マイマイツブリ君、な、なんの話ですか。差別の話ですか」

「いや、そうじゃなくて猫君の暴虐の話です。諧和社会が実現して偽善的な似非《えせ》人道主義は一掃されました。だから。互いを捕食して露の命を繋ぐことは当然のこととして行われます。けれども、猫君の場合はひどい。ひどすぎる。なにが、って、あの人たちの場合、腹が減ってそれで捕って食べるんじゃなくて、純粋な遊びとして、他人を虐殺して楽しんでるんです。あれじゃあ、滅んだ人間と同じで、とてもじゃないが諧和社会の住人とは言えません！　きいいいいいいいっ」

と、そのノンビリした感じの見た目とは裏腹にヒステリックに言い立てる蝸牛の意見を受けて雀が発言した。

「仰る通りです。あ、僕、雀三郎です。いいですか、議長。ありがとうございます。

僕の知り合いが何人も猫君に虐殺されました。木の上から見てると、最初に羽の骨を折って飛べなくしてから、嬲《なぶ》り殺しにして、その様子は完全に面白尽くでした。それで最後、なにやったと思いますう？　最後、首を嚙みちぎりましてね、それで首だけくわえて、少し離れたところの平たい石のところに運んでいって、そこへ、ペッ、と吐き出すんです」

「なにしてんの？」

「わかりません。それを次々やって、平たい石の上に嚙みちぎった首を五つほど並べて、その前に前肢《まえあし》を揃えて、じっと眺めてるんです」

「いわゆるところのコレクション？」

「そうかも知れません。でもコレクションだったら大事にするはずじゃないですかあ。けど猫君は四十秒くらいしたら、大きな欠伸をして急になにかを思い立ったようにそこを去ってそれから二度と戻ってきませんでした。目を閉じて口を開いたまま冷たくなった仲間の顔がいまも忘れられません」

そう言って雀はトントン、トントン、と左右に小さく移動した。

「仰る通りだ。僕の仲間も同じくバラバラにされて捨てられた」「俺の知り合いも殺された。俺も何度も殺されかけた」「なにを考えているのかまったく理解できない。心の闇か」と、バッタ、ゴキブリ、蟬、蛇などが口々に声を挙げた。

これを受けて議長の蛙真一郎が発言した。

「わかりました。えーと、つまり猫君による被害がえげつないということですね。まあ、ここで私からもご報告があります。あの森を抜けてちょっと行ったところにアンティークショップがありますでしょ」

「ありますあります」

「あの、店先に壺が飾ってありましたでしょ」

「そうですそうです。いい壺です。僕はあれを鑑賞するのが好きです。そのうち評論でも語り下ろしてやろうかと思ってる」

「あれが割れちゃったんです」

「え、マジですか？　もしかして……」

「そうなんです。たまたま通りがかって猫君が割ってるのを見たんです」

「なんでそんなことするんでしょうね。そんなことしておもしろいんですかね」

「ええ、多分そうなんでしょうが、ただそのときの猫君の顔を見ると、そういう風にも見えない。無表情で、なんともいえない虚無的な目をしてるんですね」

「じゃあ、なんでやるんでしょうか」

「それは猫君に聞いてみないとわからないのですが、とにかくそういう訳で猫君は壺を割ってしまったわけで、まあ、壺がなくてマジで困るのは蛸《たこ》君くらいですが、皆さん、御存知の通り猫君が壊すのは壺だけじゃなくて、およそ人間の拵《こしら》えたものはなんだって壊しちゃう。割れるものは割るし、嚙み砕けるものは嚙み砕くし、或いは咥《くわ》えていって高いところから落としたり、パソコンとかスマホなんてものは小便をかけて壊しちゃう。このマーキングの威力は凄いですよ。こないだ、家が一軒、壊れました。長期間にわたるマーキングで柱が腐って倒壊したんです」

「そりゃひどい。でも所詮は人間の文明の産物だし、それは大目に見てもよいんじゃないですか」

「そうですが、ご案内の通り私たちは人間と違って手がフニャフニャでそうした物の生産が得意ではありません。猿君は多少できるようですが、それも限界があります。つまりこうした物は限りある資源ということで、私たちの諧和世界を sustainable な世界にするためには、これを大事にする必要があります。繰り返しますが私たちには言葉しかありません。けれども、だからこそ理性と悟性によってなる諧和社会が実現したのです。しかし、ひとり猫君のみがこの諧和を乱し、自由狼藉に生きています。なんとかしなくてはなりません」

「議長の言うとおりだ」「異議なし」「異議なし」

と、そこにいる全員が議長の意見に賛意を表した。「しかし」と議長は続けた。

「私たちは猫君に対して実力を用いることはしない。なぜなら私たちは諧和社会の住人だからです。あくまでも言葉によって猫君と諧和しなければなりません」

「やっても負けるしな」と螻蛄《おけら》が小声で言った。「仰る通りだ」と白鼻心《はくびしん》が中声で言った。「議長っ」と大声で言う者があった。牛だった。「どうぞ」と議長が発言を許可し、牛が話し始めた。

「乳牛山八郎です。私は先日、猫に勝手に乳を飲まれました。なんということをするのだ、と思い、こら。勝手に乳を飲むな。と叱りました。そして、乳を飲みたいのならいくらでも飲ませてやる。その代わり飲む前に一言、相済みません、乳を飲ませてください、と断れ、と諭しました。ところが、なんの反応もありませんでした。奇妙な顔でこちらを凝《じっ》と見るばかりです。そのとき私は思いました。果たしてこいつは言葉がわかっているのだろうか。もしかしたらこいつは言葉がわからないのではないのか、と思ったのです。議長は言葉で説得すべき、と仰いますが、それ以前にひとつの疑問があります。それは、**ぜんたい猫は言葉がわかるのか？**　という疑問です。わかっているのなら説得も意味があるでしょう。でももしわかっていないなら……、それを私は問いたいのです。私は彼らがなにか話すのを聞いたことがありません」

牛がそう発言した途端、議場は混乱、収拾がつかなくなった。そういえばなんとなく話しているような気になっていたけれども猫と会話した経験がある者はひとりもなかった。飛ぶ者、跳ねる者、吠える者、嘶く者、無闇に乳を噴出させる者。再三に亘る「静粛に願います」という議長の呼びかけを無視し、みな顔を真っ赤にして自説を言い立てた。

けれどもさすがに諧和社会のメンバーだけのことはある。二分ほどで混乱は「自然に」収まり、皆が議長の言葉に耳を傾けた。

「牛君の発言はご尤《もっと》もと考えます。そもそも猫君が言葉を解さぬのであれば言葉による説得は意味がありません。そこで。猫君の言語能力に関する調査委員会の設置をいたしたいと思いますが、御異議ございませんか。ございませんか。異議なしと認めます。それでは、猫君の言語能力に関する調査委員会を設置することにして、委員会の詳細につきましては事務局で協議の上、次の会議でご提案いたしたいと思います。本日はこれにて散会いたします」

議長が宣し、森の会議が終了、みな自らの塒《ねぐら》へとトボトボ帰っていった。途次、木の実を拾う者があるかと思えば命を落とす者もあったようだった。

天尭三年一月四日は朝から晴れて芥子菜《からしな》を抱えた美しいお嬢さんが往来を行き交っているようなそんな陽気だった。

「いや、けっこうなお天気ですな」

「さよう。絶好の会議日和ですなあ」

「会議に天候は関係ねぇだろうが」

「あっはっはああ、仰る通り。こいつあ一本とられましたなあ」

そんなことを言いながら、「猫君の言語能力に関する調査委員会」のメンバーは森の広場に集合した。一月というのにいろとりどりの花が咲き、噎《む》せかえるような香を放っていた。その花の香りに包まれて鶫《つぐみ》が発言した。

「皆さん、おそろいのようなので始めます。委員長の鶫焼鴨です。俳句を少々、嗜んでおります。ってそんなことはどうでも委員。あほっ、あっほん。みんなの心を和ませようとして余計なことを申しました。猿君から皆様にご報告がありますようですから、それでは猿君、お願いします」

鶫委員長に促されて猿盆兵衛は報告を開始した。

「ええ、猿盆兵衛です。それではご報告をいたします。委員会のご指名を受け、私は猫君の言語能力についての第一回調査を行いました。お手元の資料的なものはございませんので、口頭でご報告申し上げることをお許しください。まず初めになぜ私が選ばれたかについてですが、伺いましたところによると、私は普段、猫君と殆ど接触がなく利害関係にないからだそうでございます。実際のところ、今回の調査で初めて猫君にお目にかかりました」

そう言って猿は尻を掻いた。「そういえば猿と猫の出会いを人間は絵や小説に描いていないね」「あるかも知らんがメジャーではないだろうね」委員はそんなことを言い合った。猿は続けた。

「ええ、そのうえで最初に調査の目的でございますが、標題にあります通り、猫君の言語能力についてでございます。これわかりやすく言うならば、猫君は言葉がわかるのか、わからないのか。と、こういうことです。人間のエネルギー政策の蹉跌によって自然界に予期せぬ変異が起こり、私たちは言葉を話し、書けないけれど読むことができるようになりました。その結果、この素晴らしき諧和社会が実現したわけです。しかるに猫君だけは頑として言葉を話さない。ならば猫君だけが変異せず、言葉がわからないのかというと、そうでもないらしく、ときどき私たちの会話を聞いて笑ったり、難解な書物を読んだりしている節もある。かと思えば聖なる書物に小便をかけるなどもしていて、よくわからない。そこでこの際、猫君が言葉を理解しているのかどうなのかを明らかにするのが今回の調査の目的です」

そう言って猿は言葉を切り、右手に持っていたモンキーバナナを食べた。木菟《みみずく》は、「なんて不作法な。報告中にバナナを食べるなんて」と言ってない眉を顰めた。「そう言うな。きっと低血糖なんだよ」と梟《ふくろう》がフォローした。

「次に調査の方法でございますが、直接訪問という形をとりました。直接、猫君方を訪問し、面談という形で調査を行うことといたしました。委員長、この皮、召し上がりますか」

「食べません。報告を続けてください」

「では皮は廃棄いたします。さて、次に日時ですが天尭元年一月二日より天尭三年一月三日まで六次に亘って調査は行われました。以下、その詳細について順次、ご報告申し上げます。先《ま》ず、第一次調査ですが。これは天尭元年一月二日のそうですね、午前中だったと記憶いたします。あ、済みません。調査に関する記録はございませんので、すべて記憶によるご報告となりますことをご了承ください。ええっと、そういうことで第一次調査は午前中に行われたわけですが、もう大分、日も高くなっておりまして、コンクリート塀が白く光るようでした。野の花が咲いて実に美しく、私はモンキーレンチを振り回して踊りたいような、そんなうららかな気分でした。ところがその日は猫君にお目にかかることができませんでした。なぜかというと猫君にはこれと決まった居宅がなく、いつもテキトーにぶらついておられるからです。そこで私もぶらついてみたのですが、彼方もぶらつき、此方《こなた》もぶらついている訳ですから確率論から申し上げてもなかなか出会えるものではありません。そして結論から申し上げますと、その日は猫君に会うことはできませんでした。それから元年のうちに第二次、第三次調査、明けて天尭二年にも第四次、第五次調査を実施いたしましたが、そのときもまた猫君に会うことができず、調査方法の抜本的な見直しの必要性を感じ始めたのですが、有効な手立てを見いだせないまま、天尭二年も暮れ、明けて天尭三年一月の三日、乃ち昨日、ついに私は材木を玄関に置き放しにしている家の玄関の前で猫君と面会することができたのです」

「ブラボー、って言った方がいいんですかね」

と狸が言うのに、「言わんほうがよいでしょう」と犬が答えた。

「なるほど。時間がかかりすぎのようだが、まあ会えたのだからよいでしょう。続けてください」

鶫委員長に促されて猿は続けた。

「はい。そのとき猫君は材木で爪研ぎをしていました。向こうを向いて前肢を揃えて伸ばし、素早く、交互に動かしながら、尻をたっかくあげ、上機嫌かつ調子に乗っているように見えましたが、同時にいらついているようにも見えました。なので、いま後ろから声を掛けるのはどうかな、と躊躇する部分もあったのですが、この機会を逃したら今度はいつ会えるかわからない、と思ったものですから、思い切って、すみません、と声を掛けました」

「そしたらどうなりました」

「最初、猫君は一瞬爪研ぎの手を止め、耳だけこちらに向けました。そこで、もう一度、爪研ぎ中に申し訳ありません、ちょっといいですか、と声を掛けました」

「そしたらどうなりました」

「そしたら、普通だったら爪研ぎをよしてなんかは言いますよね、ところが耳も向こうに向けて、先程より勢いよく爪研ぎをして、その様子はいかにも、知らない猿に話しかけられてむかつく、と言外に言っているようでした」

「ということは言葉がわかっているということですかね」

「そうとも言い切れません。ただ猿という存在に憤っているだけかも知れませんので」

「なるほど、それでどうしました」

「そこで今度はbody languageというほどのものではありませんが、向こうを向いている猫君の背をそっと撫で、おいおい、猫君、そう怒らなくてもよいぢゃねぇか、と優しく語りかけました」

「そしたらどうなりました」

「そしたら、なんということでしょうか、猫君は突如として、ふぎゃあああああああっ、という甲高い、世にも恐ろしい声を挙げて、いきなり二尺も飛び上がったかと思ったら、少し離れたところまで走って行き、姿勢を低くしてこちらを睨み付け、悪魔のような形相で、しゃああああああああ、という呪いと威嚇の混ぜ合わせ丼を投げつけてくるのです」

「それでどうしました」

「僕は恐ろしくて、悲しくて……、僕は、僕は泣きました」

「それでどうなりました」

「それでも猫君は、しゃああああああああ、をやめず、それどころか、しゃああああああああ、と言った後に、恐ろしい爪を剥き出しにして、タンッ、と本気のパンチを繰り出してきて、僕は咄嗟に、殺される、と思って……」

「それでどうしました」

「勿論、逃げました」

「それで？」

「それで終わりです」

「いやいや、報告はどうなるんです」

「ああ、報告ですよね。だからまあ、とにかく怒っていらっしゃったし、それが言葉に怒ったのか、行動に怒ったのか、それすらわからないくらいに怒っておられて、私は死ぬ寸前まで追い詰められました。怪我がなくて本当によかったです。そこで結論から申しますと、猫君の言語能力に関しては現時点においては不明、と言わざるを得ず、今後、さらなる調査が必要と申し上げて報告を終えます。以上でございます。ご清聴ありがとうございました」

そう言って猿は地面に座って唇を尖らせた。

「猿君、御苦労さまでした。ご質問、またご意見はございませんか」

と鶫委員長が言ったが、誰も発言しなかった。ただ、猿を行かせたのは失敗だった、という空気が委員会室（森の広場）に充ち満ちていた。仕方なく鶫委員長が発言した。

「それでは引き続き調査を続行するということで、その詳細については別途、検討いたしたいと思います。本日はこれにて散会いたします」

鶫がそう言って第一回猫の言語能力に関する調査委員会（略称・ＮＧＣ）が終了し、委員は広場から散っていった。途次、食われ死ぬ者があったのは前回の諧和会議の際と同じであった。


天尭三年六月九日。雨、そぼ降る森の広場には猿が奏でる陰気なマンドリンの調べが鳴り響いていた。そんななか第二回調査委員会が開かれ、小さな犬が調査報告をしていた。出席者は前回よりも少なかったがそれでも十名以上はいた。みな、猫の暴虐に悩まされていた。

猿は力なくマンドリンを弾き続けていた。猿は思っていた。

噫《ああ》。俺は無力。だから先日、往来で拾って以来、練習を続けているマンドリン演奏でみんなの心を和ませることくらいしかできない。犬君はさぞかし調査の実を挙げただろうな。だって彼は俺よりも余程猫を知っている。頑張れ。頑張って報告してくれ。と。

そして猿は心を込めて演奏をした。それは猿の祈りであった。でもその演奏が陰気でみなの心は沈んだ。

とは言うもののみな期待を抱いていた。というのは。

そう。猿が思うとおり、犬というのはかつて人間の家庭で飼育され、同じく人間の家庭で飼育されていた猫のごく近くで暮らしていた。だから猫というものを熟知している。その犬であれば、より正確な調査が可能だろうと委員会は判断したのだった。そしてまた犬は鋭敏な嗅覚を備えている。なので猿の如くに二年もの月日を便便と過ごすことはないはずであった。

その委員会の判断は間違っていなかった。天尭三年六月八日、犬はただちに猫の居所を突き止め、ハアハア言いながらこれへ急行した。

猫は町外れの邸宅にいた。南の庭に向けて大きな窓のある広いリビングルームがあり、猫はそこにおかれたソファーの座面に座り、陽光を浴びてくつろいでいた。

人の住まぬ廃屋でガラスが割れたり、植物が伸び放題に伸び、あちこちに蔓草が這うなどしていたが、建物そのものは堅固にできているらしく、柱や屋根は健全に保たれ、雨漏りなどはなく、黴臭《かび》さなどもまったくなかった。

犬はその様子に舌を巻いた。といって建物の堅牢なことに感心したのではなく、こともなげにベストな環境を見つけ出し、そこで楽々と寛ぐ猫の天性のセンスに感じ入ったのだった。

「まったく猫って奴あ。僕らが言葉を話さないときからそうだが常にベストポジションを占めている。それには人間たちも及ばなかった。それに引き比べて俺たち犬は損な役回りばかり引き受けてきた」

ぶつくさ言いながら、香箱を作り、ときおり前肢の裏を舐めて口の周りを撫でるなどする猫をリビングのソファーのうえに認めた犬はつくり笑いを浮かべて言った。

「あ、どうも。こんち、憚《はばか》り様です」

そう言ったが猫が無視するのは猿のときと同様である。しかし、犬という生き物をよく知っているせいか、猿のときのように逃げようともしない。ただ、空気の如く、小石の如くに黙殺している。犬は続けて言った。

「私は諧和会議から参りました。犬柴四郎というチンケな野郎でござんす。お見知りおきを願います。と申し上げておりますにもかかわらず、返事がない。というのはやはり言葉がわからないからでしょうか。でもでもでも、昔、私たちが言葉がわからないとされていたとき、少なくとも私やあなたは言葉を独自のやり方で理解していましたよねえ。っていうか、私たちはそうしていました。っていうか、あなた方の場合、もっとダイレクトに言葉がわかっているように見えましたけど、違いますう？」

そう言って犬は上目遣いで猫の顔を見た。なんの表情もなかった。言葉がわかって敢えて無視しているようには見えなかったが、まったくわからないようにも見えなかった。なぜなら、仮に言葉がまったくわからないとしても、相手が自分になにかを言おうとしていることはわかるはずで、ならば、言葉がわからない者はかえってわかる人よりもなんとかして、相手の言わんとすることを、その表情や仕草から読み取ろうとするものだが（実は犬はかつてそうやって人間の言葉を読んでいた）、猫にそんな様子は微塵もなかったからである。

完全なる無視。猫は犬が自分に向けてなにか言っているということに、地を這う虫ほどにも注意を払わなかった。

といって犬をいないことにしているのではなく、強い視線を犬に向けてけっして目を逸らさなかった。そしてその目にはなんの色も浮かんでいなかった。ただ、翡翠のような美しい、まん丸な目を犬に向けて逸らさないのであった。

犬はたじろいだ。たじろぎまくった。黙って猫の視線に曝《さら》されるのがつらくて苦しくて犬は、無駄とわかりつつ言葉を継いだ。

「そりゃあ、まあね、わかりますよ。いや、わかりませんか。いや、それもわからないんですけど、その顔はさあ、どう考えてもわかってますよね。だったらさあ、一言くらい、なんか言ってくれてもいいじゃないですかあ。っていうか、あれなんですか。やっぱりあなたからみると、僕なんかは非常に、なんていうんだろう、クラス的なものが下過ぎて、口もきけない、っていう感じですかね。がるるるっ」

とつい吠えたのは威嚇半分、恐怖半分だったが、それでも猫は表情を変えず、凝と犬を見て視線を逸らさない。犬は喋れば喋るほど追い詰まっていくのを自覚しながら黙ることができなかった。

「落語に、睨み返し、ってのがありますよね。あれですか。あれをやってるつもりなんですかね。だとしたら凄いですよ。凄い藝《げい》ですよ。動物国宝ですよ。だって、睨み返すその眼差しに表情はないのだけれども、なにか、なんていうのだろう、こちらに内省っていうのかな、そういうのを促すような感じが凄いあって、なにも言っていないのに勝手にこっちが批判されているように感じてしまう、そういうなんていうのだろう、蔑みと憐れみが混ざったような感じが凄いあって、それってもうそこまでいくと慈悲なんじゃないの、と思って、つい縋ったら谷底に蹴落とされる、みたいな、そんな眼差しで、もう、なんか自分自身の駄目なところとか、反省すべきところを全部、指摘されてるみたいな気になってくるから、すみません、その目で見るのやめてもらっていいですか」

と、犬は懇願した。ところが猫は、見ようによっては、「呆れ果ててものも言えない」と言っているようにも見える目で犬を見て視線を逸らさなかった。

「ああ、もう、ああ、もう、がるるるるるるるっ、耐えられない。自分の弱さと向き合えない」

そう言うと犬は尻尾を巻いて後退り、クルッ、と向きを変えると日当たりのよいリビングルームを出て行った。その後ろ影を目を細めて見送った猫は、大あくびをし、それから前肢に顎を乗せて本格的に眠った。

「という訳で猫君の言語能力について明らかにすることはできませんでした。すみませんでした」と言って犬は地面を掘ったり、後ろ肢で顎を掻いたりした。


天尭三年六月九日。猿の奏でる陰気なマンドリン曲が響き、雨も降り止まぬなか、委員会が続いた。

鶫委員長は困惑していた。犬柴四郎を推挙したのは委員長自身だった。猫と気心が知れた犬だからよいと思って推挙した犬がかくも惨めな失態を演じた。私の面目は丸つぶれだ。しかし、ここで面子にこだわって犬を推挙したのは間違いではなかった、と強弁、言葉で現実を覆そうとするのはよくない。そうすれば面子は保たれるかも知れないが事態はより悪化する。人間が滅んだのはそのせいだ。言葉を得たのはよいが言葉を使うのではなく言葉に使われてしまった。言葉の奴隷になってしまったのだ。言葉と快楽の奴隷。それが人間だった。私たちの諧和社会はその反省の上に成り立っている。私は言葉で失敗を認め、委員長を辞任して、誰かに食われてピギイと啼いて死のう。行く春や鳥啼き魚の目は涙。そういうことだ。芭蕉は右のようなことを知っていたのだ、きっと。

そう決意した鵯は、自分の判断が間違っていたこと。委員長を辞任すること。そしてその後、ピギイと啼いて死のうと思っていること。を言葉で述べた。したところ。

全身が真っ白な可愛いオコジョが進み出て言った。

「鼬野《いたちの》衣太郎です。ちょっと見なれば薄情そうな渡り鳥と言って、鳥ではない。でも委員長、委員長は鳥です。その委員長のご判断は間違っていません」

「あ、そうですかね」

「ええ。やはり気心がわかっているというのは重要なことで、自分にとっての重要な秘事を気心のわからぬ人に誰が打ち明けましょうや。誰も打ち明けません」

「反語的表現してるよ」「鼬のくせによ」

そんな陰口が叢《くさむら》から聞こえてきた。オコジョは気にせず続けた。

「以下は私の私見ですが、まず最初から考えていきましょう。猿君は、猿田彦十君はなぜ失敗したのでしょうか。それは気心が通じていなかったから、と委員長は考えました。そこで気心の通じた犬柴四郎君を派遣したのです。でも彼は失敗した。では犬君はなぜ失敗したのでしょうか。気心が通じていたから失敗したのでしょうか。私は違うと思います。なぜなら気心が通じない方がよいのなら、猿田彦十君が成功したはずだからです。違いますか、猿君」

猿がマンドリンを弾く手を止めて挙手した。

「委員長」

「猿君、どうぞご発言ください」

「違います。私は猿盆兵衛です」

「そんなことはどうだってよいのですが、ここは諧和社会なので謝ります。すみません。お詫びして訂正いたします。猿カルカッタ君」

「わざとやってるー。もういいよ」

また陰気で悲しいメロディーが広場に響き始めた。

「猿君が許してくださったので続けますと、つまり気心は通じた方がよいのです。ただし、気心ともうひとつ重要な要素を犬君は、犬柴四郎時貞は欠いていました」

「時貞じゃねぇし。でもなんでしょうか」

「こういうことを諧和会議で申し上げるのは憚られ、場合によっては袋叩きになって殺されて襟巻きになるかも知れませんが、公のために一死を顧みずに申し上げます。

それははっきり言って武力です」

「おおおおっ」「あああああっ」

という溜息とも感嘆ともつかぬ声が森の広場に響いた。

「みなさんの驚きはごもっともです。私たちは言葉の力を信じていますからね。けれども。音楽にも力はあります。このメロディーはここにいる全員を確実に厭な気持ちにしている。同じように武力というのも無視できないパワーであることには違いありません。猫君はそのことを熟知しているのです」

「どういうことでしょうか」

「簡単に申しましょうか？　申しましょう。はっきり申し上げて猫君は犬柴四郎君には勝てると思ったのですよ。弱いんです。犬柴四郎君では弱すぎるのです」

言われた犬は憤然として手を挙げた。

「委員長」

「犬君」

「心外ですな。僕は柴犬です。柴犬というのは、そう立派な、立派な中型犬だし、野性味に溢れています。半端な大型犬に牙っぷしで負けるなんてことはありません。ましてや猫なんて……」

「なんすか牙っぷしって」「人間なら腕っぷしと言うところを洒落て牙っぷしと言っ

たのでしょう」「なんか冷えてきましたね」「カーディガンでも羽織りたい」

そんな外野の声を遮ってオコジョが言った。

「まあ、犬君は確かに柴と言われた犬の末裔です。けれども、ごらんなさい。小さいでしょう。これは柴は柴でも豆柴といって、特別に小さい柴です。猫君は牙の力は劣るものの飛び出し式の鋭利な爪を持っておりますから、こいつなら勝てる、と踏んだのです。つまり、なめられたのです」

身体のことを言われた犬は絶望して地面に横倒しになり、四肢をばたつかせてハアハア言った。

「大丈夫ですか」

「大丈夫です」

「まあ、そういう訳で、私がなにを言いたいかというとなにも犬柴四郎君を貶めたい訳ではなく、つまり、なめられたら調査にも協力して貰えないということです。これはもちろん武力で脅したり、実際に武力を用いよ、と言っているのではありません。ただ、こんな奴は弱いからなめて、おちょくっても大丈夫だ。いざとなったらどつき回せばよい、と相手が思っていたらどうでしょうか。諧和以前に会話が成り立たない。そのためには自身の人格を鍛え、思想を鍛え、そしてまた、身体も鍛える。これがどうしても必要となってくるのです。これは相手をびびらす、ということではありません。相手のrespectを得る、ということです。その際、自分も相手へのrespectを忘れてはなりません。つまりなにが言いたいかというと、それには犬柴四郎君ではちょっと貫禄が足りなかったということです」

「なるほど。一理ありますな。では、だれがふさわしいのでしょうか」

「委員長」

「はい、毛虫君、どうぞ」

「毛虫のチャド久我です。狼君がよいのではないでしょうか」

「なるほど。狼君は強いですからね。人間はニホンオオカミは絶滅したと思っていたようだが、実は根強く生息しておられますしね」

「あと、猪君もいいんじゃないでしょうか。この二名がコンビを組んでいけば最強かと存じます」

「いい案だ。さすがミノムシ」

「毛虫です。チャド久我です」

「ああ、チャド久我でした。すみません。ええっと、そういうことでじゃあ、いいですかね、狼君と猪君にお願いするということで」

「委員長」

「オコジョ君」

「あの、私の言っていることを理解してませんね。つまりですね、私は強ければそれでいい、と言っているのではなく……」

「ああ、そうでした、そうでした。忘れてました。武力だけでも駄目、気心だけでも駄目、その両方を兼ね備えた人物・動物ということですよね。そうすっとやはり犬君になりますかね」

「そうです。一緒に人間家庭で暮らして親近感がある犬君、そのなかでも強い犬君を指名したらどうですか、と僕は提案しているんです」

「素晴らしいオコジョの意見です。いやあ、感服つかまつりました」

「おちょくってるんですか」

「とんでもありません。本当に心の底から凄いと思っています。それでは具体的に誰がよいでしょうかね」

「委員長」

「毛虫君」

「土佐犬太郎君はどうでしょうか。ムチャクチャ強いです」

「うーん、どうでしょうか。強いのは強いですが気心の点で問題がありゃしませんかね」

「ショボボボボボン」

張り切って具申した意見を繰り返し否定された毛虫は恥じた。ちょうどそこへゲラが飛来してこれを食った。

「うまいなあ、毛虫」

ゲラはそう言って笑った。いろんな意見が出るなか、飼い犬としてもセレブや芸能人にも人気が高かったドーベルマンがよいのではないか、ということになり、鈴胴赤乃介という犬が招喚された。

言葉を知ったため退屈な日常に飽き飽きしていた鈴胴赤乃介はこれを喜び、また、たいへんな名誉に思い、すぐにやってきた。

「いやあ、僕なんかでいいんですかね」

「いいんです。だから呼んだんです」

「いやあ、嬉しいなあ。でも大丈夫かなあ、僕で大丈夫ですかねぇ」

「いや、頑張ってくださいよ」

「はい。頑張ります。全力で取り組まさせていただきます。いやあ、うれしいなあ、ほんと、ありがとうございますっ。呼んでくれた委員会の皆様方には本当に感謝しています。この気持ちを歌にしたいくらいです。でもすぐには無理です。ちょっと、お時間の方、いただいても大丈夫ですかね」

「なんの時間ですか」

「歌を作る時間です」

「いいから早く行ってください。行かないんだったら別の犬に頼みます」

「行きます、行きます」

ドーベルマンは慌てて出発した。そしてすぐに戻ってきた。

「すみません、場所どこでしたっけ」

「あ、じゃあ、僕、知ってるんで途中まで一緒に行きましょう」

と豆柴が申し出て二名で連れ立って委員会室（森の広場）を出ていった。

その後ろ影を見送りつつ豚が言った。

「もう、耐えられない。ハムっ」

鶇委員長が驚き惑い、言った。

「どうしたのですか。問題は解決に向かっています」

豚は憤然として言った。

「違います。私が我慢できないのはこの暗い音楽です。殺されてハムになったような気分だ。なんとかなりませんか」

「猿君。みんなが嫌がっています。演奏を中止してください」

鶇に言われた猿は演奏を中断してマンドリンを小脇に抱えて木に登っていった。

いつしか雨があがって広場に日が射し込んでいた。

天尭三年六月九日。背の高い草や蔦に覆われた町外れの道を豆柴犬とドーベルマンが連れ立って歩いていた。ときおり立ち止まっては柵や電柱の匂いを嗅ぐので、道のりはなかなかはかどらない。それでもようやっと猫がいる邸宅の近くまで来た。豆柴犬が言った。

「ここをまっつぐ行った突き当たりがその邸宅さ。でかい家だからすぐわかるよ。じゃあな、ここでサヨナラだ」

ドーベルマンは驚いた。なぜなら豆柴は当然一緒に行くものだと思っていたからである。一緒に行って一緒に調査を行ったうえで委員会で報告をすれば面目を施すことができるので、彼は絶対にそうするとドーベルマンは考えていた。なのに、行かぬ、という。Why? と思ったし、また、ここまで一緒に来ておきながら急に帰るなんて寂しいぢゃないか、とも思っていた。彼は見かけに似ず、きわめて犬なつっこい性格であった。

こんな信号だけが意味なく明滅するところで僕をひとりにするのか。久しぶりに飼い主のことを思い出す。なぜだろうな。人に飼われたことなんてないのに。

そんな風に思って涙ぐむドーベルマンに豆柴は言った。

「まあ泣くな。サヨナラダケガ人生ダ。ってね。そんなとこだ。手柄はおまえひとりのものだよ。みんなが、みーんながおまえの腕っ節に期待している。頼むぞ。俺は行く。老兵は死なず、ただ消え去るのみ、ってね。そんな訳だ。おまえの力、それがみんなの希望となる。希望の星となる。星雲、それは君がみた光、ってね。そんな理屈だ。じゃあな、頑張れよ」

そう言って豆柴犬は歩き始め、暫《しばら》く行って首を下げグルグル回り始めたかと思ったら用便を始めた。

ドーベルマンは暫時立ち止まってそんな豆柴犬の姿を見つめていた。そしてドーベルマンは全身に力が漲ってくるのを感じていた。みなの期待に応えなければ。豆柴犬の気持ちにも。そんな力強い意志をピンと立った尾に漲らせつつ、ドーベルマンは猫のいる邸宅に向かって進んで行った。


豆柴犬の言ったとおりだった。猫はリビングルームのソファーのうえに四肢を投げ出して横たわっていた。ドーベルマンが入って行くと猫は僅かに首をあげた。ピンと張った髭。まん丸な目。笑みを含んでいるかのような口元。

るーん。話に聞いたとおりの傲然とした猫の貫禄に気後れしてしまっている自分に気がついたドーベルマンは、こんなことではいけない。しっかりしろ。ガンバレ、俺。と内心で自分を励ました。

そうだ。オコジョが言っていた。なめられたら終わりだ。そしてこういうことは最初が肝心だ。最初、引いた感じで、「てへへ、ども」なんて頭を掻き掻き言ったらどうなる、あ、たいした奴じゃねぇな、と思われて終わりだ。数珠つなぎになって網走だよ。だから、最初は、がーん、と、いかなければならない。けれども、と同時に、ならず者であってはならない。気心というものも大事。つまり、気心と武力のバランス、これが大事なんだ。そのためのコツは。そう、それもオコジョが言っていた通り。相手へのrespectだ。温和にして諂《へつら》わず。だがいくときはいく。その気迫は常に持っている。そんな感じで僕はいくのか？　じゃなく、いく。という風に千々に心を砕いたうえでドーベルマンが口にしたのは、「こんにちは。鈴胴赤乃介と言います。調査委員会の方から参りました。ちょっとお話、いいですか」というごく尋常の挨拶だった。しかるに。

猫はいつもの自分の流儀にしたがい、傲然とこれを無視した。これにドーベルマンはカチンときた。

なんてこったい。こんなにいろいろ考えて接しているのに。これってもう既になめられているということなのか。だとしたら考えを改めて貰わなければならない。そうしないと委員会の皆様には申し訳が立たない。私は期待を裏切ることはできないのだ。よしっ、ここは一番、がーん、いってもうたろかい。

と、真面目であり、かつ、お調子者であるドーベルマンは、鼻のうえに皺を寄せ、牙を剝き出しにした。自慢の怖い顔で、ドーベルマンの世界では、かつて人間にこの顔をして低く唸ったら、大抵は恐怖して、なんでも言うことを聞いた、なかには、ええおっさんのくせに恐怖のあまり腰を抜かし、小便を垂れ流す者も少なくなかった、という言い伝えがある。

だから本当は鈴胴も唸りたかったのだけれども、さすがに言語を覚えたいまはそれもかなわず、内心は殺したくて仕方ないという感情を持っているが、表面上は慇懃な奴、みたいな感じの言葉で猫を圧迫しようとして言った。

「あのお、挨拶しているのに返事もしない、ということはですねぇ、こちらとしては言語がわからない、と判断するしかないいんですよ。それがなにを意味するかおわかりですよねぇ」

そう言ったが猫は返事をせず、うーん、という感じで全身を伸ばすなど、だらけきった態度、犬は言った。

「わからないんですかねぇ、わかるんですかねぇ、それがわからないで困ってるんですけどね、一応、言葉がわかる場合はどこまでも話し合います。それが諧和社会ですっ。諧和は会話でもあるんですね。でも言葉が通じない場合は……。そう。可哀想だが仕方ない。私たちの社会を守るために死んで貰うことになるんですが、いいんですか」

　猫はいいとも悪いとも言わず、相変わらず無視していたかと思うと、こんだ、ソファーの背で爪研ぎを始めた。

「なに、切れてるんですか。その革張りのソファー、なんぼすると思ってるんですか。っていうか、切れたいのはこっちですわ。っていうか、切れそうですわ。実は俺はもの凄く切れやすい犬なんですよ。そして切れたらなにをするかわからない。こないだもちょっとしたことで切れて、気がついたら、種類は言えませんけど、某動物の首が転がってましたわ。いまももう、切れる寸前ですわ。ええ加減、なんとか言ったらどうですか」

　と、言っているうちに我と我が言葉に興奮したドーベルマンは、自分が演技ではなく本当に凶暴な気持ちになっていくのを感じていた。

　あかん。このままだとマジでいってしまうかも。やばい。

と、頭の隅でそう思いつつも凶暴な気持ち抑えきれない、みたいな、そんな状態にドーベルマンがなっているのを知らないのか、猫はだらけきり、或いは、ふざけきった態度を崩さず、一頻《ひとしき》り爪研ぎをするとこんだ、ソファーの背もたれに顔を向け、ドーベルマンに背を向けて頑なな感じでうずくまって、うざくてうざくてたまらないみたいな、おまえのせいで平和な午後が台無しになったみたいな、被害者的な雰囲気を蒸散せしめた。

ドーベルマンは自分の頭のなかで、カチン、とスイッチが入る音を聞き、次の瞬間、

「いてもたろか、こらあっ」

と絶叫して、宙を飛び、猫に襲いかかっていた。その叫び声は、もはや、がおおおおおおおっ、という唸り声と区別がつかなかった。このときドーベルマンは完全に言語を失った獣であった。

次の瞬間、猫の柔らかい首にドーベルマンの鋭い牙が食い込み、ふぎゃああああああああっ、という断末魔の叫びも一瞬のこと、あたりは朱に染まり、猫の毛が飛び散り、そして床には。口を開いて、目を見開き、虚空を見つめる猫の生首が、ごろん、と転がっていた。はずであった。ところが。

犬がいままさに飛びかからんとした、ちょうどそのとき猫は意外の行動をとって、犬はすんでのところで立ち止まった。

猫はどうしたのか。

懐から拳銃を取り出して構えたのか。違う。猫はなにを思ったのか、それまでは頑なな態度を崩さなかったというのに、突如としてソファーの座面に背をこすりつけ、

両足を突っ張らかすように伸ばして、曲げた両手を揃えてだらんと垂らし、腹を出して、クニクニしたのである。

そうしてクニクニと左右に動きながら視線だけはドーベルマンの顔に固定して、咽を鳴らしつつときおりは、アミャア、とか細い声を出した。

立ち止まったドーベルマンは思わず言った。

「か、かわいい」


委員会室（森の広場）には不信感が渦巻いていた。口では、「帰ってきませんなあ」「本当です。なにかあったのでしょうか。心配でなりません」などと犬の身を案じるようなことを言っていたが内心では、途中で面倒くさくなってどこか行ったのではないか。途中で用件を忘却したのではないか。最初から行く気がなく、ただノリで引き受けただけではないのか。といった疑念が渦巻いていたし、委員会そのものに飽きて、いつ散会するのだろうか、とそればかり考えている者もけっこういた。そしてなかには空腹のあまり死にそうになる者もいて、そういう者のなかには手近の虫や鳥をそっとつまんで食べる者もあった。

その様を見て取った鶫委員長は、これ以上、時が過ぎたらもはや諧和・調和を保つことはできない。ここはいったん散会した方がよいだろう、と考え、「皆さん、犬君がなかなか戻ってこないようなので本日はこれにて……」と言いかけたとき、森の小径から、ガラガラ、という、大勢で荷車を曳いてくるような音が聞こえ、誰が、なにがやって来たのだろうか、と皆が注目するところ、森の広場に入ってきたのは荷車を曳く猿の集団であった。

先頭にいて嬉しそうに梶棒を曳いているのは先ほどスゴスゴと森に消えたあの猿であった。

そして荷車の左側に二匹、右側に一匹、猿がいて荷車を押し、また、後ろからも二匹の猿が荷車を押していた。そして荷車には。

多くの楽器が積んであった。本当に多くの楽器だった。コントラバス、バイオリン、バンドネオン、サキソフォンとなんでもあった。大太鼓もカスタネットもあった。チターなどもあった。委員会室に荷車ごと入ってきた先頭の猿は嬉しそうに言った。

「みなさん。川沿いの倉庫を御存知ですか。あすこには毒が貯留してあってみだりに立ち入ると大爆発して死ぬ、と言われてましたね。僕はあそこに入りました。自暴自棄になっていたのでね。そしたら皆さん、大笑いです。毒なんて一欠片もなくて、なかにあったのは楽器でした。そこで僕は猿仲間に声を掛けてまだ使えそうな楽器を積み込んで運んできました。みなさん。いかがでしょう。ここらでひとつ演奏&舞踏会でも始めませんか。くさくさする気分をぶっ飛ばしましょうよ」という猿の意見に、「その言やよし」と賛同する者と「如何なものか」と反対する者があったが他にやることもないし踊りましょう、ということになって演奏会舞踏会が始まり、鵜委員長は胸をなで下ろした。諍いにならず本当によかったことだ！　と鵜委員長は内心で思っていた。腹が減って踊れないというものには食物が配られた。周到にも猿は食料品をも積み込んでいた。これには全員が歓声を上げげ、みなで猿智慧を讃えた。

讃《ほ》むべし、猿の知恵。歓ぶべし、猿の勇気。と歌った。歌いまくった。

荘重で優美でしかしどこかもの悲しい音楽が響き始めた。けれどもそれは先ほどの、気が滅入るように陰気な旋律ではなく、うっとりするようなかなしみを感じる響きだった。動物の奏でる音楽はみなそうだった。

猿の奏でる音楽に合わせてそれぞれがそれぞれの身体を静かに揺らした。暗い森に優美でもの悲しい音楽が鳴り響いていた。すでに日が落ちようとしていた。

天尭三年六月九日の夕刻。猿の奏でる音楽に合わせて静かに揺れる諧和会議のメンバーの姿を樹上から眺める者があった。

白い丸い猫であった。全身が白かったが頭部の、頭頂部から両目のあたりにかけては茶色い毛が生え、正面から見ると覆面をかむっているようにみえた。

猫は真横に張り出した太い枝に腹をつけて香箱を作りメムバーを見下ろしていた。猫の目は澄んでいた。一点の濁りもなく澄んでいた。その澄んだ目で夕日に照らされて赤い諧和会議の参加者を見下ろして猫は思っていた。

あいつらは言葉によって諧和が齎されると信じている。そして自分たちが僥倖によってその言葉を得たことを讃め、歓んでいる。幸福な奴らだ。いや、不幸な奴らだ。ならば余はおまえどもに問いたい。やいおまえども。おまえどもはそれが言葉だと思っているのか。本当に思っているのか。言葉を超えたところにある高い言葉がいまもこの世に響き渡り、それが諧和だけをもたらすものでなく、火も剣ももたらすことに気がつかないのか。諧和を低い言葉で築くことができる、そう思うこと自体が傲慢で諧和ともほど遠いということに気がつかぬのか。ははは、気がつかぬようだな。幸福な奴らだ。いや、不幸な奴らだ。そしてもっとも幸福なのは。るふふ。言わなくてもわかるでしょう。というか、言っても誰にもわからない。なぜなら高い言葉は誰にも聞こえないし理解できないから。なので。

言わぬが花でしょう。

と、そのとき、それまで香箱を作っていた猫が急に起き上がると、前肢を揃えて座り、首を前に突きだして、がっ、がっ、がっ、とえずき始め、そしてついに嘔吐したが、果たしてその白猫の口から出てきたのは吐瀉物ではなかった。

ではなにであったか。

白い、美しい花であった。

猫は白い、美しい花を大量に、いつまでも吐き続け、花は風に飛ばされ樹下に舞った。

白い美しい聞こえない言葉の花がふる森の広場。その広場で虫や動物たちは悲しい音楽にあわせて静かに揺れ、震えていた。震えている。

自分は猫が好きである。

どれくらい好きかというと、例えば往来をしていて、駐車中の車の下に猫がいるのを見つけたとする。

と、もういけない。

その場にかがみ込み、見知らぬ通りすがりの猫に、文字通り字義通りの猫撫声《ねこなでごえ》で、可愛いな、かしこいな、と語りかけ飽かぬという体《てい》たらくで、まったくもって浅ましいことこのうえない、というか、このことは自分の社会的評価にも影響する。

——(『猫にかまけて』より)

町田康(まちだ・こう)

一九六二年大阪府生まれ。作家、詩人、歌手。一九九六年に発表した「くっすん大黒」で野間文芸新人賞、ドゥマゴ文学賞を受賞。「きれぎれ」で芥川賞、『土間の四十八滝』で萩原朔太郎賞、「権現の踊り子」で川端康成文学賞、『告白』で谷崎潤一郎賞、『宿屋めぐり』で野間文芸賞を受賞。『湖畔の愛』『記憶の盆をどり』『ホサナ』『しらふで生きる 大酒飲みの決断』、「スピンク日記」シリーズ、「猫にかまけて」シリーズなど著書多数。本書掲載の「諧和会議」は、作品集『猫のエルは』にも収録されている。

本書は二〇一七年四月に小社より刊行された単行本を元に、
新たに「夜廻り猫」を加え文庫版としております。

ニャンニャンにゃんそろじー

有川《ありかわ》ひろ　ねこまき（ミューズワーク）
蛭田亜紗子《ひるたあさこ》　北道正幸《きたみちまさゆき》　小松《こまつ》エメル
深谷《ふかや》かほる　真梨幸子《まりゆきこ》　ちっぴ　町田《まちだ》 康《こう》

講談社文庫
定価はカバーに
表示してあります

2020年2月14日第1刷発行

発行者――渡瀬昌彦
発行所――株式会社　講談社
東京都文京区音羽2-12-21　〒112-8001
電話　出版（03）5395-3510
　　　販売（03）5395-5817
　　　業務（03）5395-3615

Printed in Japan

デザイン―菊地信義
本文データ制作―講談社デジタル製作
印刷―――豊国印刷株式会社
製本―――株式会社国宝社

ISBN978-4-06-518404-2

講談社文庫刊行の辞

二十一世紀の到来を目睫に望みながら、われわれはいま、人類史上かつて例を見ない巨大な転換期をむかえようとしている。

世界も、日本も、激動の予兆に対する期待とおののきを内に蔵して、未知の時代に歩み入ろうとしている。このときにあたり、創業の人野間清治の「ナショナル・エデュケイター」への志を現代に甦らせようと意図して、われわれはここに古今の文芸作品はいうまでもなく、ひろく人文・社会・自然の諸科学から東西の名著を網羅する、新しい綜合文庫の発刊を決意した。

激動の転換期はまた断絶の時代である。われわれは戦後二十五年間の出版文化のありかたへの深い反省をこめて、この断絶の時代にあえて人間的な持続を求めようとする。いたずらに浮薄な商業主義のあだ花を追い求めることなく、長期にわたって良書に生命をあたえようとつとめるところにしか、今後の出版文化の真の繁栄はあり得ないと信じるからである。

同時にわれわれはこの綜合文庫の刊行を通じて、人文・社会・自然の諸科学が、結局人間の学にほかならないことを立証しようと願っている。かつて知識とは、「汝自身を知る」ことにつきていた。現代社会の瑣末な情報の氾濫のなかから、力強い知識の源泉を掘り起し、技術文明のただなかに、生きた人間の姿を復活させること。それこそわれわれの切なる希求である。

われわれは権威に盲従せず、俗流に媚びることなく、渾然一体となって日本の「草の根」をかたちづくる若く新しい世代の人々に、心をこめてこの新しい綜合文庫をおくり届けたい。それは知識の泉であるとともに感受性のふるさとであり、もっとも有機的に組織され、社会に開かれた万人のための大学をめざしている。大方の支援と協力を衷心より切望してやまない。

一九七一年七月

野間省一

講談社文庫 最新刊

濱 嘉之
院内刑事《デカ》 フェイク・レセプト
診療報酬のビッグデータから、反社が絡む大がかりな不正をあぶり出す！〈文庫書下ろし〉

佐々木裕一
帝《みかど》の刀匠《とうしょう》
〈公家武者 信平《のぶひら》(七)〉
名刀を遥かに凌駕する贋作《がんさく》を作る刀鍛冶。その類《たぐい》まれなる技を目当てに蠢《うごめ》く陰謀とは？

池井戸 潤
銀行狐
金庫室の死体。頭取あての脅迫状。連続殺人。金と人をめぐる狂おしいサスペンス短編集。

麻見和史
鷹《たか》の砦《とりで》
〈警視庁殺人分析班〉
人質の身代わりに拉致されたのは、如月塔子《きさらぎとうこ》だった。事件の真相が炙り出すある過去とは。

西村京太郎
西鹿児島駅殺人事件
寝台特急車内で刺殺体が。警視庁の刑事も殺されてしまう。混迷を深める終着駅の焦燥！

椹野道流
池魚《ちぎょ》の殃《わざわい》 鬼籍通覧
まさかの拉致監禁！ 若き法医学者たちに人生最大の危機が迫る。災いは忘れた頃に！

浅生 鴨
伴走者
パラアスリートの目となり共に戦う伴走者を描く。夏・マラソン編／冬・スキー編収録。

高田崇史
神の時《と》空《き》
〈京の天命〉
松島、天橋立、宮島。名勝・日本三景が次々と倒壊、炎上する。傑作歴史ミステリー完結。

有川ひろ ほか
ニャンニャンにゃんそろじー
猫のいない人生なんて！ 猫好きが猫好きに贈る、猫だらけの小説&漫画アンソロジー。

喜多喜久
ビギナーズ・ラボ
難病の想い人を救うため、研究初心者の恵輔は治療薬の開発という無謀な挑戦を始める！

講談社文芸文庫

庄野潤三
庭の山の木

家庭でのできごと、世相への思い、愛する文学作品、敬慕する作家たち——著者のやわらかな視点、ゆるぎない文学観が浮かび上がる、充実期に書かれた随筆集。

解説=中島京子　年譜=助川徳是

しA15

978-4-06-518659-6

庄野潤三
明夫と良二

何気ない一瞬に焼き付けられた、はかなく移ろいゆく幸福なひととき。人生の喜びとあわれを透徹したまなざしでとらえた、名作『絵合せ』と対をなす家族小説の傑作。

解説=上坪裕介　年譜=助川徳是

しA14

978-4-06-514722-1

講談社文庫　目録

赤川次郎　三姉妹、ふしぎな旅日記〈三姉妹探偵団20〉
赤川次郎　三姉妹、清く貧しく美しく〈三姉妹探偵団21〉
赤川次郎　三姉妹と忘れじの面影〈三姉妹探偵団22〉
赤川次郎　三姉妹、舞踏会への招待〈三姉妹探偵団23〉
赤川次郎　三人姉妹殺人事件〈三姉妹探偵団24〉
赤川次郎　三姉妹、さびしい入江の歌〈三姉妹探偵団25〉
赤川次郎　沈める鐘の殺人
赤川次郎　静かな町の夕暮に
赤川次郎　ぼくが恋した吸血鬼
赤川次郎　秘書室に空席なし
赤川次郎　我が愛しのファウスト
赤川次郎　手首の問題
赤川次郎　おやすみ、夢なき子
赤川次郎　二重奏《デュオ》
赤川次郎　メリー・ウィドウ・ワルツ
赤川次郎ほか　二十四粒の宝石〈超短編小説傑作集〉
赤川次郎
横田順彌　二人だけの競奏曲
新井素子　グリーン・レクイエム
安土　敏　小説スーパーマーケット(上)(下)

安土　敏　償却済社員、頑張る
阿井景子　真田幸村の妻
浅野健一　新・犯罪報道の犯罪
安能務 訳　封神演義 全三冊
安部譲二　絶滅危惧種の遺言
安西水丸　東京美女散歩
トルーマン・カポーティ
安西水丸 訳　真夏の航海
綾辻行人　緋色の囁き
綾辻行人　暗闇の囁き
綾辻行人　黄昏の囁き
綾辻行人　殺人方程式〈切断された死体の問題〉
綾辻行人　鳴風荘事件 殺人方程式II
綾辻行人　十角館の殺人〈新装改訂版〉
綾辻行人　水車館の殺人〈新装改訂版〉
綾辻行人　迷路館の殺人〈新装改訂版〉
綾辻行人　人形館の殺人〈新装改訂版〉
綾辻行人　時計館の殺人〈新装改訂版〉(上)(下)
綾辻行人　黒猫館の殺人〈新装改訂版〉
綾辻行人　暗黒館の殺人 全四冊

綾辻行人　びっくり館の殺人
綾辻行人　奇面館の殺人(上)(下)
綾辻行人　どんどん橋、落ちた〈新装改訂版〉
阿井渉介　荒《あら》南《は》風《え》
阿井渉介　うなぎ丸の航海
阿井渉介　生首岬の殺人〈警視庁捜査一課事件簿〉
阿井渉介
阿部牧郎他　薄灯かり〈官能時代小説アンソロジー〉
阿井文瓶　伏龍〈海底の少年特攻兵〉
我孫子武丸　0の殺人
我孫子武丸　人形はこたつで推理する
我孫子武丸　人形は遠足で推理する
我孫子武丸　人形はライブハウスで推理する
我孫子武丸　新装版 8の殺人
我孫子武丸　眠り姫とバンパイア
我孫子武丸　狼と兎のゲーム
我孫子武丸　新装版 殺戮にいたる病
有栖川有栖　ロシア紅茶の謎
有栖川有栖　スウェーデン館の謎
有栖川有栖　ブラジル蝶の謎

講談社文庫　目録

有栖川有栖　英国庭園の謎
有栖川有栖　ペルシャ猫の謎
有栖川有栖　幻想運河
有栖川有栖　幽霊刑事《デカ》
有栖川有栖　マレー鉄道の謎
有栖川有栖　スイス時計の謎
有栖川有栖　モロッコ水晶の謎
有栖川有栖　新装版 マジックミラー
有栖川有栖　新装版 46番目の密室
有栖川有栖　虹果て村の秘密
有栖川有栖　闇の喇叭《らっぱ》
有栖川有栖　真夜中の探偵
有栖川有栖　論理爆弾
有栖川有栖　名探偵傑作短篇集 火村英生篇
有栖川有栖 篠田真由美 二階堂黎人 法月綸太郎　「Y」の悲劇
有栖川有栖／恩田陸 加納朋子／貫井徳郎 法月綸太郎　「ABC」殺人事件
姉小路　祐　署長刑事《デカ》 徹底抗戦
姉小路　祐　監察特任刑事《デカ》
姉小路　祐　影のクロス 〈監察特任刑事《デカ》〉

姉小路　祐　緘殺《かんさつ》のファイル 〈監察特任刑事《デカ》〉
秋元　康　伝染歌
浅田次郎　日輪の遺産
浅田次郎　勇気凜凜ルリの色
浅田次郎　勇気凜凜ルリの色 四十肩と恋愛
浅田次郎　地下鉄《メトロ》に乗って
浅田次郎　霞町物語
浅田次郎　勇気凜凜ルリの色 福音について
浅田次郎　勇気凜凜ルリの色 満天の星
浅田次郎　ひとは情熱がなければ生きていけない 〈勇気凜凜ルリの色〉
浅田次郎　シェエラザード(上)(下)
浅田次郎　歩兵の本領
浅田次郎　蒼穹の昴 全四巻
浅田次郎　珍妃の井戸
浅田次郎　中原の虹 全四巻
浅田次郎　マンチュリアン・リポート
浅田次郎　天国までの百マイル
浅田次郎 原作 ながやす巧 漫画　鉄道員《ぽっぽや》／ラブ・レター
青木　玉　小石川の家

青木　玉　底のない袋
青木　玉　記憶の中の幸田一族 〈青木玉対談集〉
阿部和重　アメリカの夜
阿部和重　グランド・フィナーレ
阿部和重　A B C 〈阿部和重初期作品集〉
阿部和重　ミステリアスセッティング
阿部和重　IP／NN 阿部和重傑作集
阿部和重　シンセミア(上)(下)
阿部和重　ピストルズ(上)(下)
阿部和重　クエーサーと13番目の柱
阿川佐和子　マチルデの肖像 〈恋する音楽小説2〉
麻生　幾　加筆完全版 宣戦布告(上)(下)
麻生　幾　奪還
安野モヨコ　美人画報
安野モヨコ　美人画報ハイパー
安野モヨコ　美人画報ワンダー
有吉玉青　風の牧場
有吉玉青　美しき一日《いちじつ》の終わり
甘糟りり子　産む、産まない、産めない

甘糟りり子 産まなくても、産めなくても
赤井三尋 翳《かげ》りゆく夏
赤井三尋 面影はこの胸に
あさのあつこ NO.6〔ナンバーシックス〕#1
あさのあつこ NO.6〔ナンバーシックス〕#2
あさのあつこ NO.6〔ナンバーシックス〕#3
あさのあつこ NO.6〔ナンバーシックス〕#4
あさのあつこ NO.6〔ナンバーシックス〕#5
あさのあつこ NO.6〔ナンバーシックス〕#6
あさのあつこ NO.6〔ナンバーシックス〕#7
あさのあつこ NO.6〔ナンバーシックス〕#8
あさのあつこ NO.6〔ナンバーシックス〕#9
あさのあつこ NO.6beyond〔ナンバーシックス・ビヨンド〕
あさのあつこ 待 っ て る〈橘屋草子〉
あさのあつこ さいとう市立さいとう高校野球部(上)(下)
あさのあつこ 甲子園でエースしちゃいました〈さいとう市立さいとう高校野球部〉
赤城 毅 虹のつばさ
赤城 毅 麝《じゃ》香《こう》姫《ひめ》の恋文
赤城 毅 書・物法廷《ルトリビュナル》

阿部夏丸 泣けない魚たち
阿部夏丸 父のようにはなりたくない
青山 潤 アフリカにょろり旅
梓 河人 ぼくとアナン
朝倉かすみ 肝、焼ける
朝倉かすみ 好かれようとしない
朝倉かすみ ともしびマーケット
朝倉かすみ 感 応 連 鎖
朝倉かすみ たそがれどきに見つけたもの
朝比奈あすか 憂鬱なハスビーン
朝比奈あすか あの子が欲しい
荒山 徹 柳 生 大 戦 争
荒山 徹 柳生大作戦(上)(下)
天野作市 気 高 き 昼 寝
天野作市 みんなの旅行
青柳碧人 浜村渚の計算ノート
青柳碧人 浜村渚の計算ノート 2さつめ〈ふしぎの国の期末テスト〉
青柳碧人 浜村渚の計算ノート 3さつめ〈水色コンパスと恋する幾何学〉
青柳碧人 浜村渚の計算ノート 3と$\frac{1}{2}$さつめ〈ふえるま島の最終定理〉

青柳碧人 浜村渚の計算ノート 4さつめ〈方程式は歌声に乗って〉
青柳碧人 浜村渚の計算ノート 5さつめ〈鳴くよウグイス、平面上〉
青柳碧人 浜村渚の計算ノート 6さつめ〈パピルスよ、永遠に〉
青柳碧人 浜村渚の計算ノート 7さつめ〈悪魔とポタージュスープ〉
青柳碧人 浜村渚の計算ノート 8さつめ〈虚数じかけの夏みかん〉
青柳碧人 浜村渚の計算ノート 8と2分の1さつめ〈つるかめ家の一族〉
青柳碧人 浜村渚の計算ノート 9さつめ〈恋人たちの必勝法《マーチングガール》〉
青柳碧人 双月高校、クイズ日和
青柳碧人 東京湾 海中《かいちゅう》高校
青柳碧人 希土類少女《レアアース・ガール》
朝井まかて 花《はな》競《くら》べ〈向嶋なずな屋繁盛記〉
朝井まかて ちゃんちゃら
朝井まかて す か た ん
朝井まかて ぬけまいる
朝井まかて 恋 歌
朝井まかて 阿《お》蘭《らん》陀《だ》西《さい》鶴《かく》
朝井まかて 藪《やぶ》医《い》 ふらここ堂
朝井まかて 福 袋
歩《あゆみ》 りえこ ブラを捨て旅に出よう〈貧乏乙女の"世界一周"旅行記〉

講談社文庫　目録

安藤祐介　営業零課《ぜろか》接待班
安藤祐介　被取締役《とりしまられやく》新入社員
安藤祐介　おい！山田〈大翔製菓広報宣伝部〉
安藤祐介　宝くじが当たったら
安藤祐介　一〇〇〇ヘクトパスカル
安藤祐介　テノヒラ幕府株式会社
青木理　絞首刑
天祢涼　議員探偵・漆原翔太郎〈セシューズ・ハイ〉
天祢涼　都知事探偵・漆原翔太郎〈セシューズ・ハイ〉
麻見和史　石の繭〈警視庁殺人分析班〉
麻見和史　蟻《あり》の階段〈警視庁殺人分析班〉
麻見和史　水晶の鼓動〈警視庁殺人分析班〉
麻見和史　虚空の糸〈警視庁殺人分析班〉
麻見和史　聖者の凶数〈警視庁殺人分析班〉
麻見和史　女神の骨格〈警視庁殺人分析班〉
麻見和史　蝶の力学〈警視庁殺人分析班〉
麻見和史　雨色の仔羊〈警視庁殺人分析班〉
麻見和史　奈落の偶像〈警視庁殺人分析班〉
麻見和史　深紅の断片〈警防課救命チーム〉

赤坂憲雄　岡本太郎という思想
有川浩　三匹のおっさん
有川浩　三匹のおっさん　ふたたび
有川浩　ヒア・カムズ・ザ・サン
有川浩　旅猫リポート
青山七恵　わたしの彼氏
青山七恵　快楽
荒崎一海　無流心月剣〈宗元寺隼人密命帖㈠〉
荒崎一海　幽霊の足〈宗元寺隼人密命帖㈡〉
荒崎一海　名花散る〈宗元寺隼人密命帖㈢〉
荒崎一海　江都落涙〈宗元寺隼人密命帖㈣〉
荒崎一海　門前仲町〈九頭竜覚山　浮世綴㈠〉
荒崎一海　蓬萊橋雨景〈九頭竜覚山　浮世綴㈡〉
荒崎一海　寺町哀感〈九頭竜覚山　浮世綴㈢〉
荒崎一海　小《お》名《な》木《き》川《がわ》〈九頭竜覚山　浮世綴㈣〉
浅野里沙子　花簪《はなかがり》御探し物請負屋
朱野帰子《かえるこ》　駅物語
朱野帰子　超聴覚者　七川小春〈真実への潜入〉
東浩紀　一般意志２・０〈ルソー、フロイト、グーグル〉

朝倉宏景　白球アフロ
朝倉宏景　野球部ひとり
朝倉宏景　つよく結べ、ポニーテール
安達瑶　奈落の花〈堕ちたエリート〉
朝井リョウ　スペードの３
朝井リョウ　世にも奇妙な君物語
足立紳　弱虫日記
有沢ゆう希　ムサヲ原作　恋と嘘〈映画ノベライズ〉
有沢ゆう希　末次由紀原作　ちはやふる　上の句〈小説〉
有沢ゆう希　末次由紀原作　ちはやふる　下の句〈小説〉
有沢ゆう希　末次由紀原作　ちはやふる　結び〈小説〉
有沢ゆう希　ろびこ原作　となりの怪物くん〈小説〉
有沢ゆう希　小説パーフェクトワールド〈君といる奇跡〉
蒼井凜花　女唇《ルージュ》の伝言
秋川滝美　幸腹《こうふく》な百貨店
秋川滝美　幸腹な百貨店〈デパ地下おにぎり騒動〉
東芙美子　原作　雲田はるこ　脚本　羽原大介　小説　昭和元禄落語心中
赤神諒　神遊の城
彩瀬まる　やがて海へと届く

五木寛之　ソフィアの秋
五木寛之　狼のブルース
五木寛之　海峡物語
五木寛之　風花のひと
五木寛之　鳥の歌(上)(下)
五木寛之　燃える秋
五木寛之　真夜中の望遠鏡〈流されゆく日々'78〉
五木寛之　ナホトカ青春航路〈流されゆく日々'79〉
五木寛之　旅の幻燈
五木寛之　他力
五木寛之　こころの天気図
五木寛之　新装版 恋歌
五木寛之　百寺巡礼 第一巻 奈良
五木寛之　百寺巡礼 第二巻 北陸
五木寛之　百寺巡礼 第三巻 京都Ⅰ
五木寛之　百寺巡礼 第四巻 滋賀・東海
五木寛之　百寺巡礼 第五巻 関東・信州
五木寛之　百寺巡礼 第六巻 関西
五木寛之　百寺巡礼 第七巻 東北
五木寛之　百寺巡礼 第八巻 山陰・山陽
五木寛之　百寺巡礼 第九巻 京都Ⅱ
五木寛之　百寺巡礼 第十巻 四国・九州
五木寛之　海外版 百寺巡礼 インド1
五木寛之　海外版 百寺巡礼 インド2
五木寛之　海外版 百寺巡礼 朝鮮半島
五木寛之　海外版 百寺巡礼 中国
五木寛之　海外版 百寺巡礼 ブータン
五木寛之　海外版 百寺巡礼 日本・アメリカ
五木寛之　青春の門 第七部 挑戦篇
五木寛之　青春の門 第八部 風雲篇
五木寛之　親鸞 青春篇(上)(下)
五木寛之　親鸞 激動篇(上)(下)
五木寛之　親鸞 完結篇(上)(下)
五木寛之　五木寛之の金沢さんぽ
井上ひさし　モッキンポット師の後始末
井上ひさし　ナイン
井上ひさし　四千万歩の男 全五冊
井上ひさし　四千万歩の男 忠敬の生き方
井上ひさし　ふふふふ
井上ひさし　黄金《きん》の騎士団(上)(下)
井上ひさし　一分ノ一(上)(中)(下)
井上ひさし
司馬遼太郎　新装版 国家・宗教・日本人
池波正太郎　私の歳月
池波正太郎　よい匂いのする一夜
池波正太郎　梅安料理ごよみ
池波正太郎　わが家の夕めし
池波正太郎　新装版 緑のオリンピア
池波正太郎　新装版 殺しの四人〈仕掛人・藤枝梅安(一)〉
池波正太郎　新装版 梅安蟻地獄〈仕掛人・藤枝梅安(二)〉
池波正太郎　新装版 梅安最合傘〈仕掛人・藤枝梅安(三)〉
池波正太郎　新装版 梅安針供養〈仕掛人・藤枝梅安(四)〉
池波正太郎　新装版 梅安乱れ雲〈仕掛人・藤枝梅安(五)〉
池波正太郎　新装版 梅安影法師〈仕掛人・藤枝梅安(六)〉
池波正太郎　新装版 梅安冬時雨〈仕掛人・藤枝梅安(七)〉
池波正太郎　新装版 忍びの女(上)(下)
池波正太郎　新装版 殺しの掟

講談社文庫　目録

池波正太郎　新装版　抜討ち半九郎
池波正太郎　新装版　娼婦の眼
池波正太郎　近藤勇白書〈レジェンド歴史時代小説〉(上)(下)
井上　靖　楊貴妃伝
石牟礼道子　新装版　苦《く》海《がい》浄《じょう》土《ど》〈わが水俣病〉
今西祐行　肥後の石工
いわさきちひろ　ちひろのことば
松本　猛　いわさきちひろ　いわさきちひろの絵と心
いわさきちひろ　絵本美術館編　ちひろ・子どもの情景〈文庫ギャラリー〉
いわさきちひろ　絵本美術館編　ちひろ・紫のメッセージ〈文庫ギャラリー〉
いわさきちひろ　絵本美術館編　ちひろの花ことば〈文庫ギャラリー〉
いわさきちひろ　絵本美術館編　ちひろのアンデルセン〈文庫ギャラリー〉
いわさきちひろ　絵本美術館編　ちひろ・平和への願い〈文庫ギャラリー〉
石野径一郎　新装版　ひめゆりの塔
今西錦司　生物の世界
井沢元彦　義経幻殺録
井沢元彦　光と影の武蔵〈切支丹秘録〉
井沢元彦　新装版　猿丸幻視行
一ノ瀬泰造　地雷を踏んだらサヨウナラ

泉　麻人　大東京23区散歩
伊井直行　ポケットの中のレワニワ
伊集院　静　乳房
伊集院　静　遠い昨日
伊集院　静　夢は枯野を〈競輪躁鬱旅行〉
伊集院　静　野球で学んだこと　ヒデキ君に教わったこと
伊集院　静　峠の声
伊集院　静　白秋
伊集院　静　潮流
伊集院　静　機関車先生
伊集院　静　冬の蜻《とん》蛉《ぼ》
伊集院　静　オルゴール
伊集院　静　昨日スケッチ
伊集院　静　アフリカの王(上)(下)〈『アフリカの絵本』改題〉
伊集院　静　あづま橋
伊集院　静　ぼくのボールが君に届けば
伊集院　静　駅までの道をおしえて
伊集院　静　受け月
伊集院　静　坂の上のμ〈野球小説アンソロジー〉

伊集院　静　ねむりねこ
伊集院　静　新装版　三年坂
伊集院　静　お父やんとオジさん(上)(下)
伊集院　静　ノボさん〈小説 正岡子規と夏目漱石〉(上)(下)
いとうせいこう　存在しない小説
いとうせいこう　我々の恋愛
井上夢人　おかしな二人〈岡嶋二人盛衰記〉
井上夢人　メドゥサ、鏡をごらん
井上夢人　ダレカガナカニイル…
井上夢人　プラスティック
井上夢人　オルファクトグラム(上)(下)
井上夢人　もつれっぱなし
井上夢人　あわせ鏡に飛び込んで
井上夢人　魔法使いの弟子たち(上)(下)
井上夢人　ラバー・ソウル
池宮彰一郎　高杉晋作〈レジェンド歴史時代小説〉(上)(下)
池井戸　潤　果つる底なき
池井戸　潤　架空通貨
池井戸　潤　銀行狐

2019年12月15日現在